北漂见行

绝不能让自己掉进无所事事的深渊，一定要肯定自己的过去，那是一个人自信的来源，也是重新出发的本钱；更要面对现在，把握未来，品德操守是真正的首要之务。想成功，就必须面对各种挑战。

北漂故事

东长安街12号记忆

谢立仁 著

中国纺织出版社

图书在版编目（CIP）数据

北漂故事：东长安街 12 号记忆 / 谢立仁著 . — 北京：中国纺织出版社，2017.4（2025.1 重印）

ISBN 978-7-5180-3384-3

Ⅰ．①北… Ⅱ．①谢… Ⅲ．①散文集—中国—当代 Ⅳ．① I267

中国版本图书馆 CIP 数据核字（2017）第 051084 号

策划编辑：孔会云　责任编辑：朱利锋　特约编辑：欧海光
责任校对：王花妮　责任印制：何 建　插 图：何 锋

中国纺织出版社出版发行
地址：北京市朝阳区百子湾东里A407号楼　邮政编码：100124
销售电话：010 — 67004422　传真：010 — 87155801
http://www.c-textilep.com
中国纺织出版社天猫旗舰店
官方微博http://weibo.com/2119887771
永清县晔盛亚胶印有限公司印刷　各地新华书店经销
2017年4月第1版　2025年1月第2次印刷
开本：710×1000　1/16　印张：12.25
字数：148千字　定价：88.00元

序
PREFACE

　　老谢写了本书，书名《北漂故事》，浏览其中，大多数文章是老谢北漂经历，他以随笔体裁，讲述一个 48 岁男人创业的艰辛轨迹。

　　说实话，他的北漂和我有关系。记得 2001 年我从秘书岗位转到组建中国纺织经济信息网工作，因急需人手，我曾和他说过，希望他能到北京工作，未果。那个时候他任吉林化纤集团有限公司董事长付万才的秘书。2002 年 6 月，付万才同志退休，他有了闯市场的念头，同年 9 月他到北京报到，被安排作《纺织信息周刊》副主编。老谢凭借扎实的文笔功夫和干活不惜力的工作作风，很快打开了局面，他负责的刊物经营业绩不断刷新纪录，他的工作得到大家的认可，曾经连续七年被评为先进工作者。

　　老谢干事有思路，他接手时刊物效益入不敷出，第二年便收支平衡，以后一路走上坡路。他市场营销意识强，有句话是蚂蚱也是肉。他举例说老家母亲卖土豆，早上新鲜的 5 毛一斤，到了晚上挑剩下的就 5 毛一堆了，杂志生存是不二选择。他思想活跃，曾策划跨界合作项目，还成功组织了集群专刊，并首开先河，与浙江省绍兴市柯桥区

联合市场合作，做纺织市场的宣传推广活动。

中国纺织工业协会 2003 年在全国范围考评产业集群活动，他抓住机遇，深入市场，发现了许多产业集群，并且与刊物宣传结合，取得成功。许多集群的领导都成了他的朋友。晋江深沪的纺织服装协会秘书长已经换了两届，本届黄秘书长曾对我说，他们最担心老谢退休后怎么办。

他善于学习，做刊物封面人物是他的主张。为此，他背着照相机走企业，潜心研究，不耻下问，摄影水平不断提高。一位中国摄影家协会会员评价他的作品时说，老谢入门了。

他有一种不达目的决不罢休的韧劲，创业之初他能为了一笔两万元的广告费，蹲在客户处一个礼拜。他是典型的"拼命三郎"，常年奔波在市场，没有节假日，没有星期天，正像社会上流行的"白加黑""5+2"工作法。有一年春节后上班第一天，我去各处室拜年，见到他在办公室一边打点滴一边工作。

为了争得企业的信任，无论什么时候，只要企业找他，他决不说"不"字。企业家来北京治病，他找医院找医生；企业有人来北京旅游，他当向导；企业家女儿出嫁，他出现；企业家病逝，他奔丧。所到之处，留下满满的正能量，正如此，老谢的人脉资源越来越广，市场之路越走越宽。他的优点是心直口快，缺点是说话糙、嗓音大，有时急躁也嚷嚷，为这我常批评他，他也接受但就是改不掉，正应了"江山易改本性难移"那句话。我对他的评价是：优点、缺点都突出的人。

前几天，他给我本散文《写给同学的信》，和所有人都一样，他已经到了回忆的年龄。蓦然发现，今年老谢已经64岁了，他这个年龄已经该颐养天年了，但是老谢是一个闲着没事就心烦的人，天生的劳碌命，仍然像是个飞转的车轮停不下来。在北漂的队伍中，不敢说老谢打拼事业最成功，但是在老谢创业的过程中，有许多成功的案例，他能晒出来，与大家分享，是对正在北漂一族的启示，对即将踏上北漂之路人的借鉴。可以肯定地说，老谢的成功经验，虽然艰辛但可以拷贝，虽然曲折但可以效仿，让更多的北漂人以老谢的自信和面对困难不退缩的作风去面对生活，在市场中历练成熟，他们中会涌现出更多的北漂成功者。

中国纺织工业联合会副会长   夏令敏

自 序
AUTHOR'S PREFACE

我虽然文笔不是很好，没有经历过科班训练，但是写作是我一生的爱好，有句话叫"爱好是最好的老师"，这话不假。

当《北漂故事》收官，对于是否有读者我心里没底，眼下文章大多是谁写谁看，写谁谁看，一些明星写的书发行不超过两个月，便打五折处理，我怕自己写一堆废纸。

为了求证，我试探地发给同事阅读，传来的大多是正能量，刚刚参加工作的吴翰林看了一篇文章后回复说："谢老师，你下毒药了？"我百思不得其解，问他为什么？他说看中毒了，我这才恍然大悟。我的同事侯宝杰也是同龄人，她常常鼓励我，说我写的东西实在，她喜欢，还在微信朋友圈转发呢。中国纺织工业管理协会副会长徐国营看后盛赞，并出主意找名人写序，我搜肠刮肚，虽然在2000年和原国务院总理李鹏照过相，那是他视察吉林时，你现在就是拿照片找到他，他也会茫然。

再就是与现任中国企业家协会会长王忠禹有一面之缘，我和他不是很熟，但他和我的老板付万才同志熟悉，20世纪80年代我们同属吉林市属企业，付万才任吉林化纤厂厂

长，他任吉林造纸厂厂长，开会经常见面。后来他到省里任省长，付万才被选为第八届全国人大代表，被中共中央组织部评选为优秀党员领导干部，是他在吉林省时树立的典型。后来他调到北京工作，每年在北京开人代会见面都要聊一聊，我是付万才的秘书，常陪同付万才，也和他混个熟脸。2004年初春付万才同志在京逝世，王忠禹会长时任全国政协副主席，是经我通知他办公厅的，他参加追悼会时付万才女儿付珉指着我说，她爸出门都是谢哥陪伴，对我工作给予肯定。

再见到他是2006年在湖南省长沙市全国优秀企业家表彰大会上，我已经在中国纺织工业企业管理协会工作，我上前打招呼，他很热情，一眼认出我来，还把秘书介绍给我，叫我有事儿找他秘书，后来我找到他秘书，想叫他为中国纺织工业企业管理协会成立30周年题词，他应诺。

2011年中国纺织工业联合会会长王天凯同志约他见面，我是联系人。2016年10月我打电话给他秘书，方知他已不在全国政协院办公，搬迁到中南海了，他的秘书和蔼可亲，问我什么事？我为准备说的事语塞，觉得自己的事太小难以启齿。后来，一家做中央电视台春节联欢晚会服装的老板拍胸脯说可以找朱军写序，想想也没什么必要，拉大旗子当虎皮不是我的性格。

做秘书工作的同志大多是笔杆子，我也算一个吧，但是能够在48岁到北京闯事业并不是普遍现象，著书立说也不普遍，我的文章有许多是涉及市场经验的。《做一个有梦想的人》有句精辟总结：梦想每一个人都有，但是让梦想

变成现实却不是每个人都能做到的，我感到这能改变我的一生，我做了，梦想的实现往往在坚持一下的努力之中，有句话叫"阳光总在风雨之后"，正是如此。

　　这也是我北漂中的切身感受，我有激情，激情成就梦想，激情，让我克服年龄的阻碍；激情，让我的智慧发挥到极致；也正是这种激情，才让我有所建树，我创造了行业一期广告收入 77 万元的纪录，我也曾创新把宣传和活动结合等。李克强总理号召大众创业、万众创新，愿我的经历和经验以及感受，能成为激励创业创新开拓进取的正能量，让更多的人从中得到启发和帮助。

谢立仁

目　录

东长安街 12 号记忆

长安街的印象是在纪录片中留下的烙印，之所以铭心刻骨，是缘于纪录片"十里长街送总理"，人们含着对敬爱的周恩来总理的热爱，寒冷中驻足，解说员用悲伤的声音说："长安街沿线挤满了人们，送我们敬爱的周总理最后一程。"那泪水和悲痛的场景至今难忘。

20 世纪 90 年代初，在吉林工作时出差北京，领导令我给纺织部化纤司一个姓叶的副司长捎封信，只告诉我，地址是长安街 12 号，我懵懂问路人，那个操京腔的警察问是东长安街 12 号还是西长安街 12 号？我一头雾水。踏破铁鞋无觅处，得来全不费功夫，在去王府井书店的路上，一抬头，看到一个灰楼顶角不显眼的牌子，写着"东长安街 12 号"，正门口门不大，牌子大，竖立着写道"中华人民共和国纺织工业部"。

门口武警战士拦着我，按照信封上的姓名查询通讯录，打电话确认无疑才放我进去。我小心翼翼，有点儿眼神不够用，如刘姥姥进了大观园。拾阶而上，在二楼右侧见到那副司长，这是我有生以来第一次见大官。敲门时有些忐忑，进入时才发现大约有 10 多平方米面积的办公室，挤着两个办公桌，桌子上红色电话让我产生 N 多联想，那个副司长热情地给我倒茶，我注意到那个圆圆的铁盒子醒目地写着"西湖龙井"，这个名字耳熟，过去听说过，可望而不可及。那绿色的茶叶在玻璃杯里伸展，呈倒三角形枪刺漂上来，我从没喝过茶，如牛饮往嘴里灌，烫舌头，又喷了出来。那个副司长见状，拉过个椅子，让我坐，我见对面那个年龄大的人，慢慢地呷一口茶，也邯郸学步，学成了，那个茶叶淡淡的清香，沁人心脾。心想，这个世界上好东西真多。

办完事离开那灰色的三层办公楼，心里想，什么水平的人能在这儿上班呢？离王府井书店这么近，这里有我多好。正胡思乱想，一头撞上路边的树，拧拧耳朵，恢复常态。

1992年，纺织部在吉林省延边召开纺织厅局长会议，听说女部长会议后要来企业视察，我任办公室秘书，看到接待名单有我，激动得在床上烙饼，这是我从未见过的大官，在老家见个县长都千载难逢。当见到慈祥的女部长，心满意足后却对那秘书印象深刻，她很牛，在会议时看一眼手表，马上指挥部长离开。

再见东长安街12号是20世纪90年代中期了，正在大兴土木，楼长高了，外套也从暗灰色变成明灰了，映入眼帘的房顶，墨绿色琉璃瓦，有种时尚潮流感觉，大门口不知道哪位大师设计的，内涵丰富，有花形也有笔形但是都不直白，再到叶副司长办公室，从两个人变成一个人了，鸟枪换大炮了，浅黄实木两头沉办公桌彰显他的地位，让我垂涎三尺。

时光荏苒，又到东长安街12号，记得是1993年，门口牌子换了，叫"中国纺织工业总会"，那时，社会上冒出许多"夜总会"，我曾听到许多议论，吉林省纺织厅那个李柱云处长调侃说纺织部改为夜总会了，发泄他对变化的情绪。

1999年，我陪吉林化纤集团董事长参加新中国成立五十周年大阅兵，应东长安街12号领导邀请，参加座谈会。走到门口，发现门口牌子清晰地写着"国家纺织工业局"。皇帝轮流做，明年到我家，当2002年我拖着拉杆箱到梦寐以求的东长安街12号报到时，门口牌子变成"中国纺织工业协会"。见到昔日相识的叶司长，他则已经是中国化纤工业协会副会长了。他拍着我肩膀，说声兄弟欢迎，我心暖暖的。又见女部长秘书，她职务已提拔，见到我问寒问暖的，亲近感油然而生。

开始我就职《纺织信息周刊》，办公室门牌114，特好记，有人问我办公室门牌，我脱口而出要要死，而办公室在414门牌号码的领导更逗，我问他办公室怎么找，他说要死不死。在114办公室创业，没有死，活得很滋润，完成我北漂生活的原始积累。后来搬到517房间，吉利数字，也没感觉到大吉利，看来看去，还是事在人为。

2011年秋冬，我见证新的门牌"中国纺织工业联合会"的挂牌仪式，办公室的老孙还从仓库把变迁经历的牌子搬到后门，供大家立此存照。那时我有个同学也在北京打工，他知道我在东长安街12号工作，逢人就讲，谢立仁牛逼，上班地点能瞅着天安门。经他宣传，见到昔日同窗好友，他们大多数半信半疑地核实。女班长女儿在北京工作，她利用探望女儿机会，溜到东长安街12号，问门口保安，有没有叫谢立仁的？保安回答干脆利落，没有。同学会我递给每一个与会人员一张名片，她拿到手里翻来翻去，似乎要找出破绽。她们异口同声，常常会问同一问题，你们会长什么级别？我也晕，回答，人家都叫他部长。她们便惊喜万分，啊，省级呀？你能经常见到？我心窃喜，有几次内急，跑到二楼厕所，一抬头，见到部长了，无巧不成书，另一个部长从蹲位走出。

如今，我在东长安街12号已经15个年头，比我爹我爷强多了，我爷一辈子来京一次，拄拐棍来的；我爹也是路过，匆匆忙忙到天安门留下影像便打道回府。每天上班路过天安门，公交车服务员甜美的笑容，抑扬顿挫地介绍，天安门是国旗升起的地方，五星红旗冉冉升起，代表着我们的国威，军人行军礼，其他人行注目礼。每每此刻我幸福之情溢于言表。

我从东长安街下车，漫步在中南海的红墙旁，一种自豪感油然而生。在此，常常碰到外地人站在长安街沿线招手打车，他们见空出租车鱼贯穿过，没减速不停车，心里想，这北京出租车司机都排外。知道我是东北来的，人说东北人都是活雷锋，见到这种情况，我都会驻足，告诉他长安街不让停车。有时还陪外地人走到轻工协会东路口，帮助打车，得到的回报往往是南腔北调的话，你是好人。

我心想，也不是什么好人，有时也做坏事。有一天，见到一老外站在东长安街 12 号门前路边嚎叫鸟语，声嘶力竭地嚷嚷，两个长满黄毛的胳膊交叉摇摆，见到出租车路过，更加速肢体语言表达，我见状，也用肢体动作告诉他，出租车在长安街上不停，他没懂，我又不会鸟语，声音很大，他鸭子听雷，后来竟骂骂咧咧地让我走开，把我当坏人，意思是别管他。我闲暇时突发奇想，退休后就在东长安街 12 号，义务给外地陌生人指路，打发时光。

2017 年钟声敲响，当听到东长安街 12 号确定要搬迁的消息时，我心里沉甸甸的，离开当永远。抚摸着用了十几年的桌子，恋恋不舍。想到要离开昔日为国家创汇、解决人民穿衣问题的中枢机关，如打碎了五味瓶，难以言状。告别东长安街 12 号，现任会长感怀说："永远不变的，是我们对行业的情怀，永远不变的，更是东长安街 12 号精神。"仔细想想，这话我爱听……

一个国企老总秘书的述说

我的董事长付万才于 2004 年去世，至今已有十几年了。

曾有一段时间，我连续多次在梦中与他见面。2014 年的清明，我照例来到他的墓前，向他的墓三鞠躬后说："董事长，我今年退休了，可能不会常来看您了，您多保重。"

光阴似箭，做秘书工作 12 年，一个轮回的时光。12 年，目睹一个国企的发展，也亲历了一个企业的兴盛和起伏，对于我来说也算是一种难忘的经历，一段重要的人生旅途。我从 36 岁到 48 岁最黄金的年华都在一个岗位上度过。

我当时任职的企业在东北，吉林省吉林市一个叫九站的地方，距吉林市 14 公里，名字叫吉林化学纤维厂，因为厂名中有化学两字往往有人以为它是化工之类的工厂。其实不然，这是一个纺织原料生产企业，主要产品有两种：一种是棉花制品，另一种是从木材浆粕中提取、经过一系列化学物理工艺处理后叫黏胶短纤维的制品。那个企业是纯粹的国企，企业的厂长叫付万才。付万才大学毕业，1984年走马上任厂长时48岁了，此前已经历了车间技术员、副主任、主任、总工程师，直至走上领导全厂、统帅企业的位置。在他任厂长后的第六个年头，轮番换了四任秘书的当口，我顶替前任，一直到他2002年退休。从他接手时的吉林化学纤维厂到吉林化纤集团，从最初的1000多名职工到后来的10000名职工，从年销售收入623万元到年销售收入70亿元，我见证了企业的变迁，也经历了他从一个普通的厂长到全国优秀企业家、中共中央组织部等三个部门表彰的优秀党员领导干部、全国劳动模范的历程。在1998～2002年这四年间，全国向付万才学习的呼声不断，电视有影，广播有声，报刊有字。

2000年10月，中共中央组织部在北京万寿寺宾馆召开的学习付万才同志座谈会上，原中组部部长宋平同志也参加了，他面孔清瘦，第一句话则是："我是个退休老人。"让人有种亲近感。在会上，有大约50位中组部各局领导发言，其中也有现任吉林省委常委、省纪检委书记崔少鹏同志，那个时候他任处长，也是付万才事迹调查组的成员之一。

付万才治理企业的时期，正值改革开放的初期阶段，那时国内在企业管理和发展中英雄辈出，如崭露头角的那个发明"满负荷工作法"的张兴让和那个承包大王，海盐衬衫总厂的步鑫生等，但他们却如天上流星，伴着耀眼的光芒划过天空而陨落。

付万才同志是1984年3月乍暖还寒的季节接手厂长职位的。吉林化纤厂是20世纪60年代初建的厂，据说是周恩来总理批准，为解决人民穿衣问题，在全国共建七个化纤厂，除吉林化纤厂外还有哈尔滨化纤厂。到付万才上班时还是那条（60年代所建）黏胶生产线，用当时纺练车间（主要生产车间）技术员史宝堂的形容，那条生产线就像一个饱经沧桑的老头子，身患肺气肿，又遇上感冒，雪上加霜。这条生产线的末日又迎来新的扩建项目——长丝 2000 吨 / 年。那时的招工并不难，社会上的闲散劳动力和刚刚从校园走出的高中生多如牛毛，招工后的小青年年龄参差不齐，社会经历和人生观、世界观各异，表现的方法和程度也不同，但是"懒、散"两个劣性的表现却大同小异，上班的无序成为常态。抓纪律保证产品质量均一性和稳定性成为当时企业管理的中心。付万才上任伊始，突出重点，首抓管理制度问题，一碗水端平，对上对下一视同仁，解决了影响产品质量的老大难。付万才管理思想的一个精髓是他的科学决策，把企业发展放在首位，不断地搞技术改造，一直引领市场往前走。在他任职期间，企业的效益一直上升，跑在同行业的前面。他是廉洁的干部，曾多次教导我："不该得的钱一分都不能要，不要揣错兜，国家的东西和私人的东西要泾渭分明。"每次外出，他都自掏腰包请我和司机吃饭。

从付万才身上学到许许多多为人为事的本领。在一次同事聚会时，桌上十几个人都是吉林化纤集团的员工或曾经是吉林化纤集团的员工，有人打抱不平说："谢秘，跟随付老板 10 多年，什么好处都没捞到。"另一个人则站起来说："不对，谢秘跟老板学了一身本事。"其实，本事只学了个皮毛，但有两句话理解很深，一是事在人为，路在人走，业在人创。这句话是 2015 年元旦献词，日本首相安倍也说过。二是有第一不争第二。其实他经常教导我："做人一定要有志气，要争取更广阔的天地得靠自己。"

2016 年是付万才诞辰 80 周年，我可以欣慰地告诉地下的英灵，您的秘书虽然没有给您添多少彩，但也没有给您脸上抹黑……

太热闹的生活始终有一个危险，就是被热闹所占有，渐渐误以为热闹就是生活，热闹之外别无生活，最后真的只剩下了热闹，没有了生活。

创业要有自信心

写下这一题目，我思绪的闸门打开了，往日的影像又清晰地浮现在脑海中。曾经有人说，我的优点是能吹牛，缺点是太能吹牛。吹牛被现代人喻为策划，策划是时下的热点，随意打开网站，会浏览到招聘策划人的广告。但是物以稀为贵，在做这个行业的满大街都可见的今天，也就没什么价值了。

我出生在 20 世纪 50 年代，成分是富农，却没有享受一天富日子。到初中，我们那代人便上山下乡，接受贫下中农教育，但我却幸运躲过。初中毕业上了师范学校，参加工作后换了几个单位，最后落脚吉林一家企业。由于喜欢写作，被调到秘书处做秘书，董事长是曾被中共中央组织部树为企业领导者的榜样、全国劳模的付万才同志。

2002 年，付万才退休，我面临新选择，我也是不甘命运摆布的人，所以就萌发到外边闯闯的念头——选择前往北京。这事儿一提出，几乎所有家人都反对。我当时 48 岁。到北京？干什么？为什么要走这一步？企业秘书虽说官不大，但是出门有车坐，说话有人听。记得当秘书时，有一次在走廊碰到一位副总，他问："小谢，老板最近对我咋样？"我胸脯挺起，认真地说："不错，好好干吧。"那话一出口，好像我就是老板一样。

回忆那个阶段的工作，我也不是干得很好。秘书这个职位，干得好常常能够升迁，领导认为你是苗子，就提拔上去了。如果干得不好，由于在领导身边，领导怕人家说看人走眼也提拔了。我是干得不好也不坏的那种，就像鸡肋：弃之可惜，食之无味。我曾说，自己就像是一支笔，不是名牌笔派克，也权当是支英雄牌的吧，用起来下水、好使，这

一用就是一个轮回。12 载秘书生涯，让我明白了"事在人为"的道理。因为我所供职的企业，不到 10 年时间，排名就从全国第 22 位挺进第 1 位，这都是因为企业一把手是个"有第一不争第二"的人。他的这种思想潜移默化地影响了我的一生，也决定了我闯市场的决心。

当这一决定成为现实时，朋友们为我送行，连续几天都泡在酒缸中。酒是好东西，几杯下肚，便忘乎所以，满嘴喷射的都是豪言壮语，就好像我要到北京升官去一样。有人说："你的单位距中南海最近，心脏啊。"我特爱听这话。有人说："多关照兄弟。"我就点头，还拍胸脯；有人说："孩子考学到北京，就当你的孩子了。"我也答应。

等我拖着拉杆箱，背着行李到北京后，下了车，便有点小失落——以前到北京办事都有人接站，这时那高飞的心才落了地。想一想，今非昔比，我已不是从前的我了。当我到中国纺织工业协会报道时，没有过去司空见惯的领导深情握手。到了中午，一位过去相识的老同志借给我一个搪瓷缸子，送我一张饭卡，让我去食堂。单位的人对我不冷不热，办公室主任只是简单问了一下情况，便一走两小时不

见身影。有句话叫"货到地头死",美好憧憬只是一张画的饼,理想很浪漫,现实很骨感。

在社会的海洋,一个人只是一滴水。我和一个小伙子合住一间房子,小伙子习惯与我相反,晚上不睡,清晨不起,是个夜猫子,嘴里常叼支烟,而我闻到烟味儿就过敏。那我干什么呢,只好一边看新闻联播一边打迷糊,长久下来我精神疲惫,心力交瘁。屋漏偏逢连阴雨,对于业务上的事我也是生疏的,我的工作不是编辑,也不是记者,而是卖广告。了解后才知道,我新供职的《纺织信息周刊》,开办两年已换了三任广告部主任。与我一同工作的主任姓梁,是个海归,小伙子对市场营销全是新词。第二天,给我一部电脑,愣是打不开,后来他帮助我打开,满脸的瞧不起。

记得第一次出差是到石家庄一家纺织厂,我和这家企业老总过去认识,人家还算客气。酒喝了很多,谈广告时,我直截了当说支持一下,他婉言拒绝说,精神上支持吧……没戏,这酒白灌了。回到北京是晚上七点多,天色已暗,在北京西客站下车,我买了一个2毛5分钱的烧饼,咬一口硬邦邦的,眼睛湿了。一连几个月,一点儿业绩也没有,领导找我谈话,叫我别急,潜台词我心知肚明。同事们因此对我很冷淡,生活的不适

应和工作的巨大反差，让我心里不踏实。我动摇了，准备打道回家。去北京火车站买票，前面只有三个人，排到我时，不知为什么，手发抖了。我下意识地把手缩了回来，离开排队的队伍。人最丢不起的是面子，我回去后别人怎么看呢？我心想也许这一生，这是改变命运的机会，还是再坚持一下吧，有句话叫"车到山前必有路"。

在我左右为难，进退维谷的时候，有一个人帮了我。我的第一个广告单子是和陕西一家纺织公司签的。这个企业老板 50 岁左右，我去找她时，她问我到西安几次，我说第二次。她又追问，到过什么地方，我说去过延安和黄帝陵，她说那就到大雁塔、法门寺、兵马俑看看。我说没兴趣，身上有压力，没心情。她请我吃日本料理，我一点儿胃口也没有。饭后她问："你要多少钱？"我顿时蒙了，语塞！拳头捏出汗时才说："五万吧。"心里感觉说的是天文数字，她却只说了一个字"行"。事后我才知道，她们企业正好有一款新产品要推广，这是来得巧了。这以后，一发不可收拾，年底我的进账是过去三年广告的总和。

听到我的业绩，单位的人有点儿刮目相看，一位领导对社长说："你这个人选对了。"

梦想每一个人都有，但是让梦想变成现实却不是每一个人都能做到的，我感到这能改变我的一生，我做了。梦想的实现是在坚持一下的努力之中，有句话叫"阳光总在风雨后"，正是这个理。

我懂你真难

认识阿平是在广东，在一家宾馆吃早餐时，我和服务员的对话被他注意，服务员和我说广东话，我听不懂，用生硬的东北腔说："你说普通话。"原来，服务员向我要早餐券。阿平在我细嚼慢咽时，端杯奶走过来，主动搭讪："你是东北哪疙瘩的。""吉林那疙瘩的，干啥呀？"

他笑了，久旱逢甘露，他乡遇故知，我们越谈越投机。互留名片后还恋恋不舍，相见恨晚，他说："大哥，以后有事找你哇。"我爽快地说："老哥愿为你服务。"

阿平是东北人，生在鞍山市。已经在广州打拼十几年，称得上是老江湖，这个三十多岁的东北汉子聪明得很，他从倒腾羊毛衫开始，后来带料加工，有了一些积蓄后，他目光如炬，抓住一款羊毛衫，进了大批货，请人把商标牌子拆了，把领口换成拉链，又创新一个牌子，投放市场，成了爆款，赚了钱。他还从别人手中批发来羊毛衫，把袖子剪掉当马甲出售。正如广东一位老板形容的，什么叫创新，就是别人没有的、想不到的，你做出来了。折腾来折腾去，他从开摩托换开宝马车。

之后，阿平电话找我，说他母亲到北京协和医院排队检查，求我帮他租个房。在广东时我曾听他介绍过家境，他从小出来拼市场，老妈孤身一人，27 岁时拉扯四个孩子，他是孝子，常常为老母亲的心脏病犯愁。

之后，阿平电话找我，说他母亲到北京协和医院检查，求我帮他租个房。在广东时我曾听他介绍过家境，他从小出来拼市场，老妈孤身一人，27岁时拉扯四个孩子，他是孝子，常常为老母亲的心脏病犯愁。

他不仅要我租房，还要我找协和医院最好的医生看病。

协和医院距离我单位很近，我一大早六点钟就去协和医院排队挂号，医院就像集市，人乌泱乌泱的，排了半天，号也没有挂上，中午草草吃了饭，我再次来到协和医院的专家门诊，这时有两个号贩子过来问要不要专家号，一听口音，我笑了。我们的对话是"你是哪儿的？""吉林舒兰的。"这叫关门挤鸡子，（碾）赶上了，老乡，但是毕竟人家是吃这碗饭的，200元的挂号手续费还是要付的。有一点儿欣慰的是，他第二天挂了最好的专家号。

摸着烫手的挂号条我立马通知阿平，阿平早等不及了，便驱车从辽宁省鞍山市老家直奔北京。

房子是我在医院附近为他租的，他老母亲78岁，很瘦，脾气挺大。我就像对我亲妈那样照顾伺候她，老太太并不知内情，他总认为我是她儿子花钱雇的，尤其是见我出出进进的，瞅我的眼神就像盯贼似的。阿平妈在京20多天，我几乎没干工作，中心都聚焦在他妈身上。临走时阿平请我吃饭，一顿寒暄，我以为他喝高了，东北人有句话，酒桌子上说话不算数，他叫我和他一起干，我也信口答应了。这一答应坏了，他回广东差不多一天三个电话，说年薪30万配台车，他在嘉兴市办厂我当厂长。厂长没当过，厂长秘书当过，厂长秘书和厂长相差两个字，但是两码事，这秘书不用决策。我说不行。他说："你没吃过猪肉还没见过猪跑？把你们厂的制度拿来，改改不就成了？我这已招工了，司机都给你配好了。"怕我有变，他又在电话中说："大哥我求你了还不行？"

说心里话，我动心的是30万年薪。正好和客户发生些纠纷，心情有些郁闷，就答应了阿平。

我一下飞机，阿平亲切地拥抱我。他介绍说，这是小丁，你的司机。小丁是个20多岁的小伙子，一看眼神就知道很精明。这个厂当时已招200多人，机器已安装一部分。

有句话叫："没吃过猪肉，还没见过猪跑？"我按国有企业的管理方法，制定了规章制度，选出了班组长，又筹划开一个全体职工大会，还给阿平准备了一份长达半小时的讲话稿。开会是在食堂举行的，按国企的方法还贴上诸如"努力奋斗建设一流企业"的标语。我主持会议，当宣布开会，请杜总（阿平姓杜）做报告时，阿平却死活不上台。工人们见状窃窃私语，也有人瘾上来了往外掏烟，下面议论的声也大了，还有互相打闹的，会场乱成一锅粥。我忙活了好一阵，才压住阵脚，坚持把会开完。还真有用，开完会后就有工人见我打招呼了，我的地位也确立了。正在得意扬扬时，大门口传来阵阵争吵声，我过去见负责招工的小李正和一位应招者嚷嚷，见我到了，小李忙告状说："谢厂长，这人身份证过期了，撵他不走。"我拿过来仔细看看身份证，又看看站在面前的本人，身份证是真的，日期只过了一个月，小伙子常年在外打工，还没时间回去换新的，身份证上是云南省文山市什么乡的，姓王叫猛，和他名字相似，这个小伙子长得也高大，像东北汉似的。现在企业正在用人的当口，我就答应他入厂了。没料王猛得寸进尺，求我把他师妹也招进来，师妹来了，弱不禁风的体格像一个未成年的儿童。我不怕她不干活，就怕她是童工，身份证显示是 20 世纪 80 年代末的，我也收了，王猛乐得直蹦。

管理这家企业并不是想象的那样，不久便碰上棘手的事。负责采购的是阿平介绍的四川人小丁，有师傅向我反映说，小丁进的零件质量有问题。师傅对我说，这种零件是最便宜的那种，质量最差，一般零件使用期一个月，这种只能用三天就得更换。

我翻阅了进单，查清了出处，打电话询问，对方很警觉，我说："办个厂，第一次用你们的货，看你回扣多少。"

"我这儿回扣多，等会儿叫经理跟你说。"

我又找来财务存的账本，查出进货价格，心想，一切尽在掌握之中，看你怎么说。

没想到的事发生了，和小丁过招时他硬气得很，当众数落我狗拿

耗子多管闲事。

　　我气得指着他的鼻子骂他一顿。我向阿平汇报时，小丁恶人先告状，已经添油加醋的把我告一顿，加上由于我风头出尽，招工的那小子说我招黑工，劳动局来查说要罚款，他指的是王猛。

　　本以为阿平会为我伸张正义，实际上阿平并没说什么，还教训我说："小丁是我兄弟，铁哥们儿，你要有大哥样。"后来听说小丁对阿平有恩。工作上不顺心还可以克服，天气的不适应难熬，当时正值梅雨季节，空气都能挤出水来，酷热的太阳把大地烤干，与潮湿空气的结合就是桑拿浴，晚上电风扇吹的都是热湿风，蚊子也怪，东北的蚊子咬你时会发声，嗡嗡地在你耳边徘徊，告诉你我该吸血了，这里的蚊子不声不响地吸你的血，上厕所要用扇子，否则满屁股起疙瘩。

　　阿平是广东人生活习惯，白天不起一睡就到11点，晚上不睡一熬就到12点，我则不行。而最头疼的是，花一分钱，也得向阿平老婆申报，他老婆又是"守财奴的徒弟"，花钱就如割她的肉。开始如缺什么办公用品，列了一大单子，由她去买，而她却拖着不办。个体企业的随机性、无计划性表露无遗。

我去意已定，跟阿平说，阿平火了："大哥你不能不管我啊。"见我坚持，他妥协了。

阿平掏腰包递给我一叠钱，是对我半个月短命厂长的酬劳，我推来推去，他说："咱还是不是兄弟？是兄弟就拿着。"

取行李时，工人们知道了，王猛组织二十多人送我，我在队伍中发现了他师妹，这孩子听说我不干了，哭了，她脸上挂满了泪痕，我忙把脸背了过去。

后来接到王猛的一个电话，电话中说，他到晋江打工去了，叫我有功夫看他……再后来杳无音信了。

创业时要定好位，去做自己擅长和熟悉的事，这会是成功的一半。有些事自己做不来，就果断抛弃，也许是更明智的选择。

交朋友要雪中送炭

王伟林是东莞知名人物，如果不是和镇民营办的同志一道，见他也不是件容易的事。他公司名叫"伟林国际毛织集团"，偌大的厂房有

三个足球场的面积，而如积木般的厂房设施错落有致，彰显企业的实力。步入车间满目是劳作的职工，让你联想到什么叫劳动密集型企业。

王伟林近不惑之年，虽说是地地道道的广东人，他的普通话说得很好，常常是借手势来阐述自己的观点。他的案头上摆着许多现代化管理的书籍，每个都似砖头，老板大吧台后的书柜，整整齐齐地排列着诸如《资本论》《辞海》等的大型书籍。后来我知道，许多没念过几天书的老板，怕被人小瞧，往往把书当花瓶摆设，王是其中一个。据说他们俩口子加起来，初中没毕业，他太太是理发出身，他从小就会

做生意，开始是骑摩托，从甲地往乙地载人，像避瘟疫一样逃过警察的视线。后来，借大朗镇毛衫业的兴起倒腾毛衫起家，有句话是英雄不问出身，有钱了，也发展了，地位、名誉水到渠成，他还是当地商会的副会长呢。王的确与众不同，当提出宣传宣传时，他没有表示不行，合同当场就签了，我要求在合同书上盖章，他说，老板的签字比章好使，不盖。第二次见面，是把做好的广告出版杂志送他，他看了看说，行，好啊，便没下文了。这一次倒是没秘书了，他周围人都说广东话，我听不懂，但从声音中分辨，可以听出是在吵架。王伟林头发凌乱，声音嘶哑，点头如捣蒜。大朗镇的地盘不大，老板的信息像风吹的一样，无孔不入，我从别人的嘴里了解到，王伟林遭遇了灾难，起因是他过于信任四川来的打工妹，被她卷走了订单，抢走了客户。

兵败如山倒，凸现在王伟林面前的是，许多人离他而去。个体企业是培育老板的黄埔军校，这句话应验了他的经历，骨干鸟兽状散去，使他的企业就像《红楼梦》中曹雪芹笔下的荣国府——全垮了。据知情人讲，他欠账就有两千多万元，雪上加霜，他爱人又在和他闹离婚，听到这些议论，我就没和他联系。

又见到他是因为阿平，阿平有一外单找加工企业，他首选王伟林，我陪他去的，王伟林见到他也很高兴，但就是没谈成买卖。阿平有事走了，我不能走，广告费他没给呢，他说叫我等下午。我在他办公室坐等，没想到他从上午十点出去一直到下午三点，我五个小时一直在等，脑海中也出现许多可能发生的故事。

故事一：他把我骗了，躲了。

故事二：他去借钱了，这可能吗？

想着想着我睡着了，就躺在他办公室的真皮沙发上，但饥肠辘辘睡不实。我见他办公室有一大的玉制作的轮船，这可能值钱，轮船是祝贺他企业落成的，还有刻的字呢，心想，他不仁我不义把它搬走，用劲抬一抬，纹丝不动，这家伙够沉的。办公室还有一个用绿玉制作的白菜，题为"百财"，这个体积小，我往兜里一装正好，我刚要走，

又退回来了，这白菜不会值多少钱，也没用啊，再等会儿吧。时光又过半小时，他推门而入，脑袋上明显渗出汗珠，他从兜里掏出一个信封递给我。我忙揣兜里，立马拔腿，他说等一等，我还以为他变卦了，不是这样，他要送我回去。回宾馆的路上，他一言不发，从严肃的表情上，我读懂他目前形势很严峻，细节我也不便打听。

又过了半年，在一个夏季满目葱绿的时节，我再次到东莞办事，晚上没事我打通了他的电话，他第一时间来接我，去一个叫帝豪花园的酒店冲凉。这是一座豪华别致的酒店，游泳池和假山互为相映，成为一体，夜半的知了叫声和远处的汽车声隐隐约约。我在浴池冲了一冲便跳进泳池，游了一阵后，王和我坐在泳池边上的椅子上促膝谈心。他一直在问我一个主题，他该怎么办。

他说："我现在没有办法活下去，每天都在要账的人中周旋。"

我说："那就去死吧，也许是最好的解脱。"

他说："活到现在才看清世态炎凉。"

我说："什么叫朋友，朋友是在你进监狱时拿牙膏去看你的那种。"

我说："你要活下去，让那些远离你的人又接近你，让人家看你不是孬种。"

他说："我一无所有。"

我说："你有手艺，毛织的技术印在你脑袋里，营销的经验在你手中，没有人能和你比。"

我和他谈了四个多小时，他送我回宾馆，后来他找我办两件事，第一件事是把他的厂房卖掉。这事我帮他了，我通过朋友，介绍了个台湾老板给他，最后成交。

第二件事是他的机器被偷盗，职工罢工闹事，我通过人找到公检法一位领导，平息了这事。这事过去了，再见时他很激动，酷暑时节，他跑到荔枝园给我搬来三大筐荔枝，他是想让我当荔枝贩子，还是有什么企图，我左思右想弄不清楚。交了这个朋友，我多了份牵挂，每到大朗镇出差，我都要见一见他。他把厂房卖了，还了所有的账，剩下200多万，又招了20多个工人搞带料加工。2005年的春节，我给他打电话，他在电话中说马马虎虎，能挣个酒钱；2006年年初他告诉我，本想春节去旅游但没时间；2006年下半年的一天，他说买了辆新车，是75万元的大吉普，说要我陪他去张家界；2007年我又见到他是在金秋，他的人马多了，又装修了厂房，50多人的企业。他一个劲儿地说，不发展了，要做精、做稳、做强、做好。看他的精神状态，不相信他止步了，人的欲望是无止境的，正如我爷爷说的："穷则思富，富则思淫，淫则思贵。"

失败并不可怕，可怕的是找不出失败的原因。创业的路是坎坷的，在坎坷中找回自我才是最重要的。

仔细观察皆文章

"这些鱼最多两斤，老板你再称一下。"说这句话是在2010年夏天，地点是位于千岛湖附近的一个小鱼餐馆子。我和张井波从浙江兰溪市前往桐庐横村镇，张井波开个捷达轿车，烧煤油那种，发动机一响发出"突、突突"的声音，像拖拉机似的，他那时虽然驾照考试科目通过了，但刚刚摸着车，有些手忙脚乱，结果南辕北辙，到了11点横村镇韩主任急等吃饭，来电话才知走错路了，我问了下返回去要两个小时，我们果断决定在路边吃饭。

这条路是前往千岛湖的，路标箭头写的是距离千岛湖10公里，路两边大大小小的饭店随处可见。张井波在千岛湖活鱼馆停车，并点了活鱼，那野生活鱼每一个手指头大小，12条，老板扔在秤上，乜斜一眼很利索、声音很大报数三斤六两，我看一眼参差不齐的活蹦乱跳的鱼儿，估计一条充其量2两，为了考验我的智商和经验，老板重新称，报数二斤。在旁窥视良久的送鱼的见状，对我产生兴趣，问："您真神，干嘛的呀？""我打渔出身。"一语石破天惊，送鱼的老汉从鱼篓中摸到一条草鱼，问我多少斤。草鱼肉厚，肚子鼓鼓的，一看就知道养鱼池的，同样大小，养鱼池出身的要多二两膘呢，我报个三斤五两，老板娘一边看准星一边说，正好。这就产生轰动效应了。又围上几个老乡看热闹，那个送鱼的佩服得五体投地，告诉餐馆老板，那个鱼他请客了，张井波连忙说，不要、不要，从兜里掏出一张百元钞票递上去。餐馆老板又赠了两道素菜，我们吃得小肚溜鼓，打道回府，回兰溪市。

张井波好奇地问："谢哥，你咋猜的？""这个真没有猜，我小时候在鸭绿江边长大，小学三年级便和鱼打交道，先是钓鱼，后是网挂鱼，熟能生巧，多大鱼多重基本上八九不离十。"说到鱼我又开始吹牛啦，我能检测出活鱼和死鱼。张井波半信半疑，轻轻摇了摇头。

可是巧了，晚上兰溪市陶局长请吃饭，真的上一条清蒸鲈鱼。张井波刚要动筷子，被我左手挡住，井波丈二和尚摸不着头脑，我见陶局长满脸的疑惑，便对服务员说，把你们厨师找来。须臾，一个白色高帽子、白色工作服、40多岁的肚子大脖子粗的汉子来到桌前，满脸的笑容，我用筷子指点下鱼眼睛说，这个是死鱼。那厨师脸微微红色，转身告辞。一会儿服务员上菜时告诉陶局长，鱼不要钱了，送一道菜，陶局长有一点儿晕菜，盯着我的脸寻找十万个为什么，张井波寻根问底，我并没有正面回答，而是给他讲了个故事。宾馆早餐，客人坐了一圈儿，服务员每一个人发一个鸡蛋，当发完毕，有一个客人鸡蛋坏了，被退回，当服务员取回鸡蛋，却忘了是谁缺这个鸡蛋了，立在那里一会儿，试探性地问："哪位领导没有蛋？"大家面面相觑，服务员又追问一句："哪位领导是坏蛋？"井波听到这里，笑得把塞进嘴里的饭喷出来。

第二天，我坐井波如拖拉机似的捷达车，向上海方向驶去。中午上海一朋友在一个五星酒店请吃饭，他十分热情，上来一条桂鱼，我们刚要动筷子，张井波来劲了，问我这条鱼是活鱼还是死鱼。他一说我还真有兴致了，一看断定是死鱼，我说："当活鱼吃吧。"没想到，朋友不干了，他叫来服务员询问，服务员诙谐地说，现在死了，做之前是活的。我插话说，做之前也是死的，把厨师找来。那服务员不去传信，但我一直坚持。一会儿，厨师来了，厨师并不认账，也是说鱼现在是死的。这时，旁边桌的客人闻讯赶来，那个厨师死猪不怕开水烫的样子，如果僵持不下的话，会耽误下午的日程，我做出了一个决定，再清蒸一条同样的桂鱼，付双倍款。见此，厨师溜之夭夭，不到半根烟的功夫，一个小伙子跑过来顶雷，头点如捣蒜说："鱼是我换的。"

井波叫我声师傅，我娓娓道来，那个活鱼蒸熟后眼珠一定是石膏色的，脱离眼眶，这是一，另外看鱼翅，活鱼尾裙摆用筷子折起，一定连带着鱼肉，如果是死鱼，眼珠发黑凹在眼眶里，鱼尾轻轻折鱼翅不会带肉。井波又来了，叫三声师傅说："您真是猴儿他爹。"我说，这在营销学中叫细节决定一切。

聪明反被聪明误

大朗镇的老板在我脑海中打下深深烙印的还有一个人，叫李德。和王伟林相似，李德也是凭自己聪明的头脑从一个穷人家的孩子走到身价亿元的老板。李老板的企业属于中型，他制作的毛衣也很不错，在企业发展中他成为大朗镇上第一位省人大代表、劳动模范、东莞毛纺织协会副会长，在他的办公室有许多与国内外名人的合影。李德人很爽快，也很能说，他的许多观点都与众不同，喜欢议论国家大事，听说他在人大会上的提案有许多被政府采用。2006年市里拍卖一块土地，对这块地感兴趣的大有人在，土地是发展的基石，尤其是在东莞市这个制造业基地，有地的好处傻子也知道。拍卖是要竞争的，竞争的实质就是让那些理智的人没有理智，疯狂的人拿血本来实现梦想。有位香港人早有准备，他请了评估师、规划师、律师组成了竞争小组并亲自坐镇，研究可行性。拍卖那天，他的阵势最大，他的竞争小组每人一个笔记本电脑，当喊出一个数字后，便进行计算，计算后又喊出一个更高的数字，到最后把这块地炒到比他预想的还高，可还有人加价。

记得那天气氛都到了临界点，香港人头脑上的汗珠也渗了出来，他花钱请的专家手忙脚乱，各种数据汇总后令他们失望，按当时的拍卖价格已接近盈亏的平衡点，稍有闪失就会亏。而拍卖的价格只是比他们计算的价值高20万元，这20万元经过反复论证是不可行的。拍卖的锤声响了三下，又停顿了几分钟，这几分钟对香港商人就如几年，又如几秒，是放弃还是坚持，三个专家互相耳语一阵，最终香港老板放弃。

最后的拍卖得主就是李德和他另外两个伙伴，都是农民出身，他们没有参谋也不会玩电脑，这么严肃的事情只轻描淡写地说："玩一玩嘛。"

他们的方法很简单，简单得就像一年级小学生，那就是每次报账只比香港商人高20万元，因为大多数参与者在最后如大浪淘沙一样后退了，剩下的有实力的只是香港人，无论你香港人怎么计算，只是比你高20万元。

拍卖结束了，沮丧的香港商人没有走，而是想搞清楚到底输在何处，便在散场时找到三个老农民问："你们成功了，知道这块地能干什么吗？"三位摇头。

他百思不得其解，又问："为什么和我作对，你连干什么都不知道！"

李德说："是，我们不知道干什么，但是你知道啊！"

香港商人更纳闷了："我会告诉你们吗？"

三位农民说："你不会告诉我们，但现在你的方案是一堆废纸了。"

我们拿 20 万元来买你的废纸，你同意吗？

香港商人觉得他们言之有理，真的把方案以 20 万元成交给他们了。

李德的事被很多人传为佳话，但是有一段时间我却找不到这个人了，就像人间蒸发了一样。传闻说他的企业有难了，由于找不到人，这件事也就搁下了，渐渐地在脑海中淡忘了。

2007 年 9 月 24 日，中秋节的前一天，我在众多的短信中发现了他，那条短信是这样写的：

健康和业绩都重要

情商和智商都重要

节日和平时都重要

问候比送礼更重要

阿德祝您全家，月圆，饼香，节日快乐。

原来，他的手机换号了。

重点不是你有没有学位，而是你的学习态度和吸收能力。实践是检验真理的标准，真理不一定在专家学者手里，也许复杂问题简单化是解决问题的良药。

不言放弃之博弈

认识他有点儿偶然，那是 2003 年春天，我在绍兴县老板胡克勤的办公室侃大山，谈广告他装听不懂，只是笑眯着眼睛在我脸上扫荡，我有些尴尬，黔驴技穷。这个时候有人推门进来，一个国字形脸、头顶蓬松发型、炯炯有神的眼睛、很壮实年富力强的男人，左手攥着汽车钥匙包，右手夹一棕色皮包，风风火火并不客气地进来。看得出来他与胡克勤很熟，否则不会一屁股砸在沙发上，这个人便是我述说的主人公荣雪。他正准备和胡克勤共同开发竹纤维毛巾，他名下有一个叫潇荣的毛巾厂。

胡总把他介绍给我，握着他厚厚的大手，看着他满脸真挚的笑容，我情不自禁地闪过一丝温暖，心里想，这人有戏。果然，刚刚见过，他就像抗战期间老百姓见到八路军似的，牵手约我去他厂看看。人说时间就是金钱，我是有时间没金钱，闲着也是闲着，到处流窜是我的主业。顺水推舟，恭敬不如从命，便一前一后和他下楼，停车场有两台车，我径直走向停车场停的捷达轿车，却听到另一个车开锁的声音，他摁遥控钥匙，把一台奔驰全新轿车打开。土豪味道扑鼻而来，车牌号尾数四个8。他的奔驰在高速奔驰，向江苏方向，把浙江甩在身后，左拐右拐，到一个路口牌指向叫"角直"，我唐突问，到角直了？他嘴角微微一笑，告诉我正确念 lù，是一古镇。他说得很对，镇里楼台亭榭，倒映水中，小桥流水，古树群绕，古典风格独特的艺术魅力在这儿集聚，红叶流丹，尽显优雅，让人流连忘返。我初来乍到，四处惊喜，只觉得眼神不够用时，车停在一个两层楼旁，荣总潇洒地转身摁下钥匙包，那个奔驰小灯一亮瞬间又灭。

落坐二楼东侧办公室，环顾四周被各种颜色、大小各异的毛巾包围着，办公桌上竖着一个"××市优秀企业家"牌匾，彰显他的荣耀，墙上挂满各种称号和奖状，个别铜牌挂满铜锈，发证机关五花八门，诸如中国毛巾联盟、全国家纺战略品牌大会等，明眼人一看便知山寨版，但是也给我一信号，广告卖这个人有谱儿。平时同事们都说我的优点是能吹牛，缺点是太能吹牛，今天我遇上师傅了，他比我能吹，不仅讲话分贝高，而且还不带逗号。半个小时了，我只插入两句话，点头哈腰的把头都搞晕了。

事情比想象的还顺，没费吹灰之力，合同签字，他娴熟地拉开抽屉，摸个公章在合同上一按。我拿在手里仔仔细细地看了以后，放心地把合同收入兜中，心想随你吹吧，老哥大把时间奉陪。午餐吃饱，他歪在沙发上昏昏沉沉睡着了，一会儿，鼾声如雷，像是发动的老式拖拉机。我兴奋之情溢于言表，睡不着，便在二楼露台走廊远眺，前面是波光粼粼的湖泊，一望无垠，在日光照射下闪闪发亮，远远的小船画龙点睛，为湖泊画上浓墨重彩的一笔，他曾无比自豪地说，这里是算命先生说的龙脉风水，是发财之地。他睡得快醒得也快，不知不觉已经站在我身边，又是口若悬河、滔滔不绝。听说我要离开，被他挽留下来。第二天他开车送我，到火车站下车后，又从车后备厢拎出个筐，毕恭毕敬地送我上车，见我疑神疑鬼的样，他指着筐说，螃蟹，给大嫂带点儿。望着他满脸写着虔诚的样子，我从命，连声道谢。

年底清理广告回款的账单上清清楚楚地告诉我，荣雪欠费。我电话里催，又叫同事杨扬催，他态度都很好，除了道歉还是对不起，我吃人嘴短拿人手软的，也就放过一马。

又是一个春天，我去上海出差，打通他电话，他说下午来住地接我，他如期到来，还是老样子，风风火火地拎着个车钥匙，我注意到不是遥控汽车钥匙，钥匙和门锁似的，上边柄画个牛头样，坐上车才知是叫丰田汽车，广告语很好记，是"车到山前必有路，有路就有丰田车"。车号尾数换成三个7，这次他虽也照吹不误，但是明显没有第一次分贝高，问他生意的事情，他含糊告诉我还算过得去，并且求我和胡克勤求个情，借的钱过几天还。我如坠入云里雾里，他什么时候借钱我不知道呀？当我问胡克勤时，胡淡淡地说，借钱又不是你担保，你不要管。这次见面结果可想而知。

第三次见面是事隔三个月后。我在浦东机场打电话，他仍然热度不减，让我在机场等他，他开车接我。这一等就是三个多小时，中间打了 N 次电话，他一会儿说堵车，一会儿说车坏了，马上修好，我要打的，他不许。车终于到了，开到我面前我都不认识，是台桑塔纳，车号三个4，一路上无话。办公室有三个人在等他，谈话语速从慢到快，分贝从低到高，虽然地方方言我听如鸟语，但是从平淡到激烈看是在吵架，从多次吐出"钞票"两个字，我断定荣总和他们是债务关系，他们一直吵到中午过后，我肚子饿得慌，又坚持一个时辰，他们拉着我去吃饭，我因为有事儿嚼饭如蜡，吃不香，更重要的是吃着吃着他们又来了，吵架声此起彼伏，吓得老板娘和服务员躲在角落里，没有结账就鸟兽散去。我死猪不怕开水烫了，一直跟着，心里想，这个广告款有难度，但是又没有妙招，只有死磕到底。连续四天，他上班我报到，他下班我睡觉，见面后他心知我肚明，有三次他咬着牙切着齿让我回去等，我嘴上答应就是不走，你有千条妙计我有一定之规。第五天，我如约而至，闲着也是闲着，在沙发上葛优躺，先是抓起拖巴拖地，后来又摸起一张过期报纸，我曾干过《吉林日报》校对，我逐字逐句校对三遍，连中缝广告也不放过，还真发现了问题，赵紫阳被排成赵紫邮了，还有五个标点符号错误，我一一画上，准备找机会邮去，一看日期，傻了。原来是 20 世纪 80 年代的报纸，有点儿咸吃萝卜淡操心。快到中午 12 点，有个瘦子找他，他们耳语后那瘦子离开，我表面不急也不恼，心里却上火，牙疼，嘴巴起泡，用 2016 年网红一句话叫"蓝瘦香菇"。早晨起来第一件事是塞嘴里两片牛黄解毒片。下午，那瘦子又急匆匆来到，我乜斜眼看见那个瘦子塞给荣两个信封，荣雪看看我欲言又止，估计他在做思想斗争，也不知道他下多大决心，一会儿我们博弈有了结果。他颤巍巍地递给我一个信封，脸部肌肉搐动着，一句话都没说。晚上吃饭就我俩人，他把自己灌醉了，有句话叫"酒后吐真言"，推心置腹地道出真相，原来他研发竹纤维屡战屡败、屡败屡战，把家底儿掏空，举债经营，资金链断裂。我告诉他换个思路，先生存后发展，条条大路通罗马，还是干自己熟悉的纯棉毛巾，有了收益再拿眼光看另一个篮里的菜。

去年在竹纤维联盟 12 周年会上，主持人讲到在竹纤维发展路上，有先驱，也有先烈，荣是后者。

成功需要智商加勤劳，好人不一定就会成功，市场经济物竞天择，适者生存。

飘逝的红领巾

我对雪有一种难以言喻的情结。北国风光，千里冰封，万里雪飘，望长城内外，惟余莽莽，大河上下，顿失滔滔……，这是毛泽东写的，我上学时，语文老师教的。像是刻在脑海里，时光流逝，忘却 N 多事，但是这首诗直到现在仍占据清晰版块，洁白无瑕的雪覆盖黑土地，让人产生无限的遐想，张开嘴巴，飞舞的雪花飘落嘴唇，化成甘甜汁水，干裂的嘴唇立即润泽，沁人心脾。

下雪对我们生活在山区的孩子无疑是一个期待的快乐时光，背上书包，嬉戏打闹中向学校奔去。学校位于山下一块推成平地的操场，而我家住学校后面山坡上，大约 15 度斜角，早晨起来沿着大人踩实的雪印前行，我们基本动作都是滚，且很夸张。由于昨晚上雪不断地叠加，还有人义务往雪上泼了水，从首端出溜，两只手不断地努力寻找平衡，但是不断地有险情发生。

我的棉鞋是橡胶底的，摩擦系数比较大，出溜滑主要靠惯性。已经依稀看到学校大门口时是笔直的坦途，不是太宽，学生们差不多同一时间奔同一地点，有些拥挤。

这个时候，有个同学蹭蹭蹭不断地越过一拨拨众人，脚下的白色塑料底棉鞋如踏两只风火轮。他正在高速滑行，猛然间险情突现，一个小女孩儿横穿马路被人撞得摔个大马趴，千钧一发，那个白色塑料底正好近在咫尺，两个女同学见状两手捂住双眼，一个女老师"妈呀"一声。

说时迟那时快，白塑料底华丽大转身，左手在空中划出一个弧，右手低摆，两条腿笔直平行，停在女孩前面，又见他顺手轻轻的拽住女孩书包，把女孩拎起来。化险为夷的瞬间，老师模样的人长吐一口

气，看傻眼的我们聚焦那白塑料底。这个同学上衣穿一件皮夹克，扣在脑后的皮帽子棕色羊剪绒整整齐齐，崭新的皮书包，装饰洋气，白白嫩嫩的脸蛋有双高挑漂亮的双眼皮大眼睛，最显眼的是脖子上系的红领巾，在银色的雪映照下，红白相间，引无数热议。那个时候少先队员代表德才兼备呢，这个人真的没见过呢。

　　这并非虚构，故事发生在吉林省集安县一个叫云峰的地方，时间是 20 世纪 60 年代，这个同学叫李建民，他的父亲是曾经任新中国水利电力工业部部长的俄文翻译，因为建设鸭绿江畔的中朝电厂，主要设备引进苏联的，从北京下派到吉林，记得他们哥儿五个，李建民排行老四，是我同年级的同学。

　　说实话，我和李建民不熟，就没在一起玩儿过，我家住山上平房，他家住山下楼房；我每天为饥肠辘辘犯愁，他每日脑满肠肥（只是猜测）；我爸草民，他爹高干。后来他随父亲进了四川省，建设新的电站，我跟老爸留在吉林。斗转星移，隐隐约约听说他出事了，人生路上掉了队。

四十多年过去了，当我们退休时同学聚会，见到脱了警服的于晓，听他讲述了李建民遇难的经过。12岁的李建民到了四川省灌县古城，建设映秀水电工程。那是岷江流域，岷江汇聚了大量的雪山雪水，在壁立千仞的崇山峻岭之间穿行，山险鸟飞绝，水急石沉没。也许李建民的游泳锦标赛冠军的称谓让他对岷江有种无以言状的征服欲，也许挑战不可能是他的理想。于晓口讷地形容，那天天气晴朗，无风，李建民和于晓等几个小伙伴，也包括他弟弟李荣，很麻利的脱了裤子，又把衫衬甩到石头上，最后解开红领巾。

李建民很珍惜他的红领巾，解开后平铺在白衫衣上边，一红一白搭配，十分醒目，他们做了泳前准备，望着翻滚发黄的江水，于晓有一点儿怯，他试探性地问李建民，行，行吗？话一出口不见回音，只见李建民如一只飞燕，弧线越过于晓的视线，纵身跃入水中，远远的几十米的急流险滩中，他露出水面，刚刚看见头发，一个急浪拍下，李建民挣扎一下，便无影无踪。见状，几个小伙伴不约而同顺着李建民的方向边跑边喊，边喊边哭，一直追到岷江与渔子溪河交汇处，江水挡住了他们的路，他们绝望地看着江面，无计可施。可怜我同学的灵魂永远定格在岷江。

听罢，我百思不得其解，凭李建民的水性，为什么呢？于晓揭谜底，岷江水常年冰冷刺骨，水流急，暗石磷磷，游泳从无人问津，李建民正是用自己宝贵的生命警示后人。

后来，有与李建民熟悉的同学回忆与他同窗时的点滴生活，连他的胞弟李荣也缅怀他的为人为事，诸多助人为乐的事浮出水面，不由得对他肃然起敬。

人生如梦，半个世纪过去了，我借出差到了四川省的岷江之畔，在李建民遇难的江边，望着波涛汹涌的江水，在阳光的反射下，幻影成像，仿佛看到江水悠悠漂过一条鲜红的红领巾，血红色的，熠熠生辉。

铁打的护工流水的病号

人在旅途，到了养生的年龄，免不了浏览一下有关老年痴呆症的知识，也对诸多养生知识产生浓厚兴趣。九月的一天，去山东出差，正在看有关老人最怕的是摔伤的报道，电话铃声响了，最怕的事情来临，那电话是老伴儿打的，电话中说她在公交车上摔倒，爬不起来了。

听罢我火速返回，脑海里浮现 N 多关于摔伤的场景，三步并两步，找到老伴儿住的医院，眼前的情景让我有点儿惊呆，老伴儿躺在床上，雪白的脸痛苦地扭曲着，闭着眼睛。床边一个中年妇女似乎看懂了我的身份，连叫两声大姐，大哥来了。这时老伴儿勉强睁眼，断断续续地述说事情的缘由，并介绍那中年妇女是公交公司请来的护工，咱们老乡，叫她小王好了。我仔细打量下这个萍水相逢的小王，瓜子脸脸型，有双能说会道的大眼睛，长着有些像电影里虎妞演员的牙齿，和所有中年妇女派一个样，人没有到肚子先到。说心里话我骨子里对护工有一点儿抵触情绪，认为她们大多是势利小人。

翌日，我放心不下老伴儿，一大早就赶到医院，正在接一个电话，老伴儿要去卫生间，我撂下电话扶着老伴儿去卫生间，回来后便要去上班，走到楼下才发现手机未在身上，赶紧回来找，却发现手机不见了，那是刚刚上市的苹果 7，只因为有两个镜头才咬牙切齿买的，我刚刚还放在老伴儿病床上的，怎么会无影无踪呢？我将怀疑的目光在所有可能有染的人身上扫描，最后定格在护工小王身上，因为我扶老伴儿去卫生间，她刚刚洗完碗回来，走个碰头儿。小王有一点儿尴尬，但是还是张罗着四处寻找，找了好久无结果我只好放弃，上班路上心发堵，心想，一定是小王干的。

一个上午在心情郁闷中度过，中午饭也无心下咽，嚼蜡似的。正在这时同事来找我，告诉我一个好消息，手机找到了。喜从天降，我长舒一口气。原来那个手机是女儿在我扶老伴儿去卫生间时来到了病房，她在收拾老伴儿的衣服时连同手机挟带到柜子里，还是小王帮助找到的呢。

这个事翻篇后我对小王的印象有点儿改变，了解到她是吉林省白山镇人，老公在家开着个麻将馆维持生活，她因老公懒得干活，三天两头吵架，后来跑到北京，投奔她外甥到医院干护工。这个医院护工都是村里人，小王已经干了十个年头。有一天，隔壁病房传来一阵一阵嚷嚷声音，而且分贝越来越大，我也跑过去，原来有个女病人因为隔床陪护是男的，不方便，便怒斥人家，结果打了起来，因那个隔床说女病人事儿妈，搞得不可开交。这时冲出来三个小王同事们，先是自管自家事儿，自扫门前雪把自己病号劝回自己房间，再次共同发起攻击，数落那女病人，万炮齐轰，那女病人哑言。

小王很有眼力见儿，老伴儿一个眼神儿她就心领神会。一次我扶老伴儿起床，由于用力不当，疼得老伴儿直咧嘴，小王见状，过来一手扶前胸一手托后背，轻轻地往上抬，老伴儿破涕为笑。还有一次，我推门进来，发现她在给老伴儿洗脚。她的动作很规范，先是用手试下温度，再双手攥着老伴儿的脚脖子，往盆里放，又轻轻按摩擦拭，老伴儿告诉我小王每天都给她洗脚。小王说，烫烫脚，睡觉舒服。

有她，我们省了许多事儿，老伴儿化验单她会及时取回，医生开药方她也会排队取回，所有沟通都是她代表家属去完成。我们把她视为家里人。她告诉我，她有一儿一女，提到孩子她满脸洋溢着幸福，儿子当兵在北京，找了个北京女孩儿结婚，岳父是军队高层官员，女儿也在家乡结婚生子。话锋一转，说儿媳瞧不上她，不叫她看孙子，不叫她进家门，把她带给孙子的甜羹倒入垃圾桶，这时她长叹一口气说了句耳熟能详的话："儿大不由娘。"

老伴儿在床上躺了三个月，终于爬起来了，能够自己挪步，被医生撵出院。我逗问小王，什么时候回家？老公找新人了。她撇撇嘴斩钉截铁地说，叫他找去，我不回去。

炊烟变奏曲

炊烟袅袅枕着我儿时的梦想，把我拉入那个时代，炊烟是儿时亮丽的风景线，伴随着我走出大山，炊烟又是妈妈的全部生命，有炊烟便能嗅到妈妈的味道。

20 世纪 60 年代初我们随建设电站的父亲迁居到一个叫青石镇的地方，那是以鸭绿江为界的边疆小镇，小镇丘陵地形，房子只能盖在坡上，我家是把头一家，在坡下玩耍的我抬起头望着烟囱，映入眼前的青色烟雾缭绕，心知肚明妈妈做饭了，当烟消散尽，不用妈妈喊乳名，往家跑去一定会准时。

有一年冬天，我和邻居家叫二肥子的正在顺坡打出溜滑，玩儿的兴起难解难分，棉帽子被满头冒出的汗水打湿，肚子饿得咕咕叫，突然想起炊烟，一抬头发现老张家烟囱冒着火星，我和二肥子一边牵着爬犁，一边扯着嗓子喊："失火，失火了。"须臾，几个路过的大人敏捷地从后面超过我们，向冒着滚滚浓烟的烟囱冲去，端着淌水的脸盆泼向失火的烟囱，人多势众，三下五除二火被扑灭。

这时候有人问，谁发现失火的？我和二肥子手举得高高的，没有人理会，二肥子双手举起，仍然没有得到有效反应，我见此情景，拉着二肥子又去出溜滑了。

几乎每天清晨，我都会被飘入鼻腔的饭香熏醒，饭锅周边蒸气和炊烟缭绕，在这浓浓的生活气息中我们成长。到了 10 岁左右，爸爸扔给我一把镰刀，砍柴的使命历史地落在我头上，一顶羊剪绒黄布帽扣在脑后，在小棉袄外系条麻绳，为的是防止风吹进胸口，两个手捂子交叉横跨身后，拖着爬犁，嘴巴吭着杨子荣京腔京韵的"穿林海、跨雪原、气冲霄汉"，吭哧吭哧往山上爬，没过一会儿，脸渗透出汗珠儿，那个京腔京韵也变调了。其实砍柴的活儿并不复杂，融入浩浩荡荡的砍柴队伍便是，走过山口队伍像是有人指挥似的兵分数路，向右向左。

我犹豫了一下，硬着头皮跟着几个大人走入一侧羊肠小路，踏着厚厚的积雪，深一脚浅一脚，浅一脚又深一脚，拉的爬犁越走越沉，不一会儿，前面的几个人无影无踪，孤单单只剩我一个人了，索性不走了，反正前后左右都是蒿草。我左右开弓，镰刀飞舞，累的吭哧吭哧的喘粗气，半天工夫只收获狗脖子粗细的蒿子秆两小捆，坐在上边有一点饥肠蠕动，原来是饥了，摸摸胸口，乐了，妈妈给我带的苞米面饼子还热乎呢。塞进嘴里，噎的眼泪流出来了，顺手抓把雪，雪入口便融化成液体，喉咙立刻就感觉到滑润，油然而生的是自信，我还行。下山时才发现我的爬犁上柴不算最少，二肥子比我还差一截呢。

第二天起来，见到妈妈站在灶坑旁边，右手摁住左手拇指，血从拇指流出，我正纳闷儿，妈妈一句话也没有，眼光落在脚下的柴火上，原来我砍回来的是一种带刺的荆棘。打柴的经历中我曾被刀割了手指，也曾摔坏，还有爸爸顶着月光满山遍野寻找的过程，但是随着经历的丰富经验也增添了，比如砍玻璃叶树，只要攥着齐人高的树头，左腿弓右腿松，用镰刀头轻轻敲打露在雪地里的树根，便迎刃而解，这柴最热锅，烧出的大饼子呈金黄色，香喷喷的。

过年前一定为妈妈割几捆蒿草，蒿草有一句顺口溜，四月茵陈，五月蒿，六月砍回当柴烧。蒿草燃烧得快，煮饺子最好了，饺子下锅翻开两个轮回，两把蒿草解决全部问题。如果冬天煮大馇子，最理想的是苞米杆子，填满灶坑，大铁锅里把大馇子洗好放入几把云豆粒，倒入几勺凉水，锅快满溢了，点着火，从太阳冒山到中午十二点，一揭锅，满屋弥漫饭香，摸摸炕梢都滚烫的，睡在炕上放个响屁便是梦境。那个时候，谁家日子过得好都会显在柴垛上呢，我们哥们儿六人，我老大，和我差三岁是二弟三弟，我们三个爬犁上山，上坡路哥仨发力，一个爬犁一个爬犁连拽带推上坡，下坡路一个人一辆，眼见柴垛遥遥领先，不仅仅收获了赞扬，还有邻居驻足竖大拇指。

我们家的炊烟也经常变花样，窥一斑知全豹，望着炊烟就知道柴火品牌，青青的炊烟飘飘如仙女的舞袖，那一定是蒿草，浓浓的黑烟如龙蛇飞舞状十有八九是苞米杆子，炊烟已和妈妈融为一体，写入她的生命，到了20世纪70年代中期，我们父辈转迁至桦甸县，建设白山电站，柴火变成大树桦子，80年代搬到口前镇，用上煤气罐，常常听妈妈唠叨，怪了，这个饭用什么锅煮，也没柴烧的香。出差在外，每当望着飞驰的动车外炊烟袅袅升起的景象，脑海里便映出妈妈的影子，也便勾起那浓浓的乡愁。

运气有点始料未及

2003年3月，我和年轻同事张希成从北京出发踏上南下列车，河北省、山东省被甩在身后，进入江苏省界，天气越来越暖和，经济越来越发达，前面到了经济最活跃的上海。

我们是抱着希望而行，还信誓旦旦地和美女领导朱莎做出承诺。这并不是空穴来风，我们事先做了功课，给三个厂家打电话，对方欢迎洽谈。我俩像是流窜犯似的，跑了几个厂家，他推销网络，我卖广告。其中一个企业的办公室主任接待，听说来意，他东扯西扯，就是不谈主题，我虔诚递过去一本杂志，他当着我们面信手扔进纸篓里，见状，我自尊心受到极大伤害，当时有地缝钻进去才好。第二家是事先准备做网站的，听希成介绍后，翻脸比翻书快，又找出许多不同的理由回绝，当我们在公交车上坐了两个小时又倒了两次车到第三家企业时，被门卫大爷挡住，门卫打了电话告诉说，要找的那个人母亲刚刚去世，他回家奔丧了。

屡屡受挫，让我失望透顶，这时饥肠辘辘，一看手表12点多了。我俩在路边找个小吃部，一个土豆丝，一个西红柿鸡蛋汤，一个炒鸡蛋，希成是山东人，瘦得却像广东人，我老祖也是山东人，生活习惯相同，虽然都是素菜，但是没什么胃口，只是把汤喝了，鸡蛋吃了，平时最爱土豆丝，厨师加进去辣椒，菜是好看，但我们都不能吃辣，挑三拣四地吃两口。他问我下一站到哪儿？我茫然，他建议打道回府，我同意。

我们年龄相差15岁，像是爷儿俩，背着书包一前一后无精打采地往车站奔去，上海站买票像赶集，人异常多，他排队买票，我出去逛一圈，猛然想起兜里有个名片，是一个苏州纺机外企搞销售的副总，徐姓。我掏出来，试试运气，没有想到对方很客气，告诉我他在苏州。对方是上海人，问的很细，你们几个人？都是什么职务？来上海干嘛？现在什么位置？准备来公司几天？去什么地方？我如实回答。他又问快车票能不能报销，建议坐汽车交通工具好，到站后往左走50米左右有12路公交车，坐13站到开发区管委会站下车，往前走30米红绿灯右转，再走200米，左侧有一个电视塔，右手边看见公司门，门口有两个石狮子，我接你们。啰嗦半天，我记个大概。这时希成返程票已经到手，我向他说刚才电话的事，他面带难色，话到嘴边又咽回去，见到我坚持的目光，犹豫了一下，试探性说："这票退了还是……"我斩钉截铁地回答："退，退掉。"

那时我是周刊副主编，他是网络公司市场部主管，其实职务他高，但是年龄我大，我倚老卖老，也就定了方向。我心目中的上海人靠谱，那个徐副总如约而至，表面上看很热情，有一点儿电视剧里老百姓见到八路军的感觉，又是问寒又是问暖，问我们吃午餐没有，我忙说吃过了，吃过了，抬头望见了他办公室挂的时钟，时针指向15点30分。

心里想，这个人太虚，什么风俗？下午三点多还问吃没吃午饭？我们扯了半天闲嗑，他手机铃声响起，忙看了我一眼，边向外走边指指电话，出去接电话去了，等了好久终于回来了，回来后觉得没有话题可聊了，尴尬地坐在那里，如坐针毡。

我站起来告别，他顺水推舟。我一脚门里一脚门外，随嘴问一句，你们老板在吗？他很爽快地回答："在，在的，在二楼。"不知道哪根神经搭错了车，已经迈出的脚步戛然而止，见到我止步，已经走出门的徐总满脑子都是疑惑，说时迟，那时快，我三步并两步踏上二楼，二楼就一个房间，敲门三声没等人家回复就推门而入。

眼前坐在沙发上的并不是大鼻子黄头发蓝眼睛，而是位面目慈祥的中国老人，与众不同的是手握烟斗，他抬起头望着我这不速之客，却是满脸的笑容。我自我介绍后双手毕恭毕敬递过名片，他很客气地打开抽屉摸出他的名片，又忙给我倒水。我注意到茶几上有三种茶叶盒，分别是铁观音、春茶和红茶，而他的透明玻璃杯水发黄，显然是红茶。他给我泡的是铁观音，杯子里淡淡清香扑鼻而来。他倒水冲茶时我发现了新大陆，他案头上除几张报表之外，映入眼帘的是一摞整整齐齐的杂志，杂志名称叫《纺织信息周刊》，正是我们发行的。我眉头一皱计上心来，寒暄三句，直奔主题，先是征求意见，后是约稿，再谈影响力，其实我才到杂志半年，自己还不清楚杂志方向呢，充其量一个卖广告的，哪有狗屁约稿权力，扯犊子呢。

他全神贯注地听我侃，只是微笑。见到火候炉火纯青了，我从兜里掏出已经准备好了的广告合同，填好12期，并且说打个八折优惠，金额栏填的是壹拾陆万元，写这么多钱我有点儿发抖，血往上涌，脸涨得通红。他想都没想，掏出钢笔，正在拧笔帽时，徐姓副总推门进来。徐副总老江湖，一眼看出将要发生的一切，忙摆手示意，接着两个人用上海话互相对话，我虽然不懂上海方言，但是从表情和肢体动作上也看出几分端倪，那徐副总反对，那烟斗老总坚持，两个人争吵得面红耳赤，最后烟斗占上风，很麻利地签了字。我要求盖公章，那个烟斗老总手抓起一纸合同，下楼去会计室，我紧随其后，徐总被甩在后面。拿到盖好的合同我激动得忘了道谢，拽着愣神的张希成夺门狂奔，到了一棵大树下，我掏出合同和希成分享，他看到合同金额，眼睛瞪得圆圆的，惊讶地说："10分钟搞定这么多钱？"

回京后在办公室走廊碰到主管朱莎，她满脸上挂着笑容，竖起大拇指说："老谢，神人。"

向左转往右走

20世纪80年代初，我在东北松花江畔一个企业当教师，那个时候有些茫然，无所事事，便加入扑克游戏中。

我们那里叫"打百分"，这种游戏许多人都会玩儿，下班前几个老师用手势和表情会意便成契约，开始嘛小打小闹，以一毛钱为单位。那时候我已经结婚生子，家距单位有3公里路程，一般来说骑自行车半个小时到家，推门吃饭已经成定律，一染上赌门，时间不属于我了，四个人打牌，三缺一不成局，往往碍于面子，舍命陪君子。开始妻子不以为然，抛个谎言当真，后来因为每每兜里硬币太多，带来的响声引起妻子警觉。

那个时候每月工资36.5元，记得猪肉要挑肥的买，每斤0.73元，兜里如果能掏出两元钱那是富人。和我常赌的老师，郝、万、车姓，连在一起郝万谢车。扑克游戏靠的是判断力，察言观色的能力，郝老师习惯靠震慑力压群雄，让人摸不透他底牌；车老师是性情中人，喜怒哀乐写在脸上；万老师深沉，老谋深算，不露声色。

那年冬天雪花飘飘，北风呼啸，工厂烟囱冒着浓浓的黑烟，空气弥漫着沉重气氛。万老师爱人带着孩子回娘家，天助我也。我们聚集在万老师家暖融融的炕上，摸个枕头垫屁股，便甩开膀子抓扑克。几轮下来，车老师手舞足蹈，看得出来他收获颇丰，郝老师声音分贝明显下降，万老师仍然透露出自信，有种屡败屡战不气馁的劲儿，我乜斜面前零钱，属于亏赢平衡，白磨手指头。

扑克摸起，我发现万老师有"情况"，摊牌时手颤抖，脸部肌肉微微抽搐，涨红了脸。他手一抖一张小王掉落下来，见状，车老师鼓鼓嘴巴，我们心领神会。我们打"三打一"，共六张主牌，四个2加大、小王，再看一眼我的牌，很烂，一张主牌都没抓到，郝老师也如霜打的茄子——蔫了。车老师左顾右盼，见到万老师状况，我们心知肚明，但是都绷着严肃的脸。万老师有一点小激动，迫不及待地用手摁住6张底牌，要100分，100分5分输，就是我们三个只要得5分就赢，万老师叫倒霉催的，外面偏偏卧个小王，而我则偏门，没桃花牌，天灭他也。

当调到第二圈，万老师像是泄气的皮球——瘪了，把牌摊到桌面，原来他五张会儿，桃花25分，12张主牌。但是挂万漏一，导致失算。山不转水转，那一次我手气是在临穷末晚来到，时来运转，四个2到手，轮一圈，最高叫点80分，不狠不吃粉，我要100分，结果底牌趴一个大王，偏偏车老师小王和5分在一起，拉屎攥拳头——有劲使不上。

第二番我摸6个会儿，又要100分，又是大获成功。我注意到万老师从兜里掏出崭新一元纸币手抖了半天，车老师不是先掏钱而是把我发出的牌仔仔细细看了两遍，确认无误才不太情愿地掏出钱，郝老师干脆，扔过一元钱，心服口不服甩过句"拿去输去"。

那年冬天春节，这6元钱让我觉得很宽敞，妻子追问钱从哪里来，我缄口不言。

有句话叫"熟能生巧"，耍钱鬼要钱鬼，察言观色我到了炉火纯青的地步。细节决定一切，万老师一摸好牌手就抖，郝老师牌好时眼睛放光，车老师摸着大、小王时喜欢用手摁住牌，像是怕蒸发似的，牌摸三圈，底牌有没有货我能估摸八九不离十。

春节工会组织一次打扑克比赛，我和另一位王姓女老师男女混合打，我们过五关斩六将，一路冲杀，捷报频传，夺得冠军，让工会主席老杜始料未及。当奖品洗脸瓷盆发给我时（亚军奖品是一筒牙膏），他特别不情愿，怀疑的口气说："怎么会是你们？"

染上五毒之一都会成瘾，尝到甜头，便一发不可收拾，从隔三差五晚回家到常态化。妻子几次要问，见我一脸严肃，敢怒不敢言。

我行我素，又过了 N 天，到了芳菲正浓的夏天。有一天，外面下着霏霏细雨，天色暗了下来，下班后车老师把办公室门内锁上，像是工作程序一样，我们又重蹈覆辙，甩掉最后一张牌，推门已经华灯初上。门前是一个基建的砖垛，我推自行车路过，突然传来奶声奶气的喊声，扭头一看，不知什么时候，妻子抱着两岁女儿在砖垛旁边，妻子打着浅蓝色花伞，两眼呆滞地看着我，没有任何表情。我刚要发火，为什么不带宝贝女儿进办公室躲雨？望着她被雨淋湿的衣服和绝望的表情，话到嘴边又咽回去，我猜想她已经揭晓谜底，打碎了牙往肚子里咽，还能说啥呢。当妻子抱着孩子，我骑自行车驮着她往家赶时，雨下大了，我也有些清醒，赌博经历出现在脑海中，一幕幕浮现的画面让我百感交集，情不自禁流下悔恨的泪水，那雨水挟带泪水淌到嘴里，有一点点咸咸的味道。

后来我读了苏联小说《钢铁是怎样炼成的》，书中说到主人翁保尔·柯察金嗜烟成瘾，但是因为一件事从第二天起就没抽过一支烟，毅力可以征服一切。从此以后我金盆洗手，把过剩的精力放在了爬格子上，并且有所建树，还走上董事长秘书岗位。

20 世纪 90 年代，社会上打麻将赌博成风，因赌博常常闹离婚，因赌博常常影响生产秩序，企业开始禁赌，抓住打麻将者罚款 500 元。有许多人以身试法，有人怀疑我也列其中，原因是有前科。董事长头摇得如拨浪鼓，他肯定地说，小谢麻将都不会，怎么赌？智者千虑必有一失，麻将我也偷偷摸摸玩儿，只不过只在家里陪老娘玩儿，只输不赢罢了。

葡萄沟的信

信是一个叫古丽的小女孩儿写的,她只有 8 岁,是新疆葡萄沟的小学生,随信还收到一箱葡萄干。

我手捧着葡萄干时,记忆的闸门便打开了。

2005 年 9 月,我随一个企业家前往新疆和田市。

到和田印象比较深的是这里的瓜果甜度较高,无论是西瓜还是杏儿和李子都如蜜一样的香甜,而且口感好,个儿也要比内地的长得大。和田玉的名字远播世界,在我们住的宾馆门外,到处都有卖玉的维吾尔族小孩,大多七八岁的样子,用生硬的汉语来推销手中的玉石,便宜得很,一块玉石只要 10 元钱。你问他是真的吗,他满脸诚实地说:"真的,真的。"可宾馆的服务员告诉我,全是假的。

和田也是库尔班·吐鲁木的故乡,小时候课本上库尔班·吐鲁木骑毛驴去北京见毛主席的文章烙在我们那一代人的心中。在和田的中心广场,人们为纪念这位老人,塑造了一幅巨大的雕像,那像有十几米高,一位维族老人右手握着毛主席的手,嘴巴贴着毛主席的耳朵似乎在诉说什么,毛主席慈祥的目光紧紧盯着老人在倾听。

翌日,我们参观了和田棉纺厂,这个厂到处洋溢着政治的气氛,标语、黑板报随处可见。在一排排整整齐齐钻天白杨树作卫士的道路两旁,汉族、维吾尔族职工排着队鼓掌迎接我们。步入会议室,又是阵阵雷鸣般的掌声。

企业家讲了两个多小时的企业管理,从稳定质量到运输质量和服务质量,对和田棉纺厂的未来都作了要求。记得他最鼓舞人心的话是说,职工的工资要和当地公务员的收入持平,鼓掌声更激烈一些。到

　　为增加食欲，古丽妈妈还打开音响，这音响声音便勾来了小古丽，小古丽系着红领巾，短发，脸上两个小酒窝让人喜欢，最让人意外的是她的舞蹈。新疆人生下来就会跳舞，她不知害羞，也不知疲倦，优美的舞姿大多是自编的，让我们不断地送她掌声。于是我端起相机，记录下这一时刻。

了乌鲁木齐时，老板对安排此行的人说，小谢第一次到新疆，安排一下转转吧。于是，便有了前文中与古丽相识的过程。那是在葡萄沟的一次午餐上，古丽的妈妈是位农民，这里饭店大多是农民开的，其实基本上没有什么生意，见到有人来，她是忙中有乱，不是没盐就是没啤酒的，看样子很久没人光顾了。盐叫一个孩子骑车去买，啤酒则打电话叫人送来，庆幸的是有鸡有鱼，鸡是我做的。这里的煤很亮，可照出人影，像金子，燃烧值高得很，烧后几乎没有灰尘。鸡嘛很快烧好，古丽妈尝一口连说，好香，好香。在葡萄架下摆桌子，我们便吃起来。为增加食欲，古丽妈妈还打开音响，这音响声音便勾来了小古丽，小古丽系着红领巾，短发，脸上两个小酒窝让人喜欢，最让人意外的是她的舞蹈。新疆人生下来就会跳舞，她不知害羞，也不知疲倦，优美的舞姿大多是自编的，让我们不断地送她掌声。于是我端起相机，记录下这一时刻。

古丽的妈妈告诉我，古丽今年 8 岁，小学一年级，还有一个弟弟，她学习还行，就是家里的事太多，放学要看弟弟、做家务，家里太穷。

这时跳得满头大汗的古丽已经开始写作业了。我近前一看，这孩子作业写得很工整，字写得也好。

她妈告诉我，不想让她上学了，这里的孩子大多都不爱上学，早点儿回家照顾葡萄藤。看见古丽的样子，我想起小时候家里的贫寒，我弟兄六个还有一个姐姐，但父母再困难也从没改变让我们多学习的思路，所以我们都在"知识改变命运"的前提下上了学。

看着小古丽天真的模样和穷人孩子早当家的样子，想想自己的过去，我决心帮助这孩子。

回京后我给古丽妈妈写了封信，讲了自己的观点，并把她的照片洗好，邮寄过去。还给她寄去了一些小孩看的书籍。接到书后古丽给我回了电话。

电话中她一个劲儿和我说。我问了她的学习。又问了她妈妈好，还要她方便时到北京玩儿，她一个劲儿地说谢谢。

走出塔克拉玛干大沙漠，走出窄窄的葡萄沟，让你成为一只小雄鹰，走上那铺满红色的舞蹈地毯。让理想变成现实靠我们共同努力。

我不知道什么叫不行

我当记者时主要任务是卖广告，常常因小有成果而沾沾自喜，也常常吹牛。福建朋友小韩激将说，你不敢到百宏老板前去卖广告，我心里不服，和前任国务院总理我都照过相，见一个老板有那么难吗？2007年3月，我去见福建省晋江市百宏纺织公司老板吴金镖。

事先我做了功课，在网上查询这个企业的规模，又问朋友老板的经历。朋友小韩很认真地说，千万不要问老板过去干什么的。这个我晓得，有次叫我采访杭州一个企业家，那个人瘦得像娄阿鼠似的，1米5左右个头，开奔驰越野车，只露出个光头，高速公路上被交警拦下，交警以为无人驾驶呢。我照惯例问他过去干什么，他愠怒回答，咱不提过去行吗？后来了解到他过去是要饭花子，这个采访因为一句问话泡汤了。我咬牙切齿向小韩保证决不问过去，我知道晋江石狮老板大多是洗了田里劳作的泥脚上岸搞企业或者告别三天打鱼两天晒网的日子转行的，但是我还是打破砂锅纹（问）到底，这个吴总什么出身？小韩被追杀得无处藏身，手呈扇形贴在耳边轻轻说道，他过去是握杀猪刀的。我轻描淡写地回答，不就是杀猪的嘛，又不是杀人的，怕个球？我索性又问："还有什么特别之处？"他告诉我老板不苟言笑。听罢，我笑了。诙谐地对小韩说，他受过硬伤。见小韩满脸疑惑地看着我，我接着告诉他，一定是过去杀猪的时候欠猪肉钱的人多，愁肠百结的结果，听后小韩也笑了。

于是，我们一前一后迈进百宏老板办公室。不见不知道，一见吓一跳，那个吴总脑袋上部尖尖的，下部肥肥的，身材伟岸，一双智慧小眼睛，厚重的嘴唇翻着，透出他的诚信，我禁不住笑了，这形象现在也像杀猪的。见到小韩介绍我，我忙伸出双手，他手却没动一动，也没让座，更没看茶，我立在那儿，一瞬间觉得自己自尊心受到严重伤害，用中国纺织报副社长徐国营的口头禅，有地缝就钻进去了。小韩反客为主救了我，他一边让我坐一边沏功夫茶，还幽默风趣地说，喝老板好茶，喝，喝吧，不喝白不喝。那茶杯牛眼珠大小，但是此刻我呷不下去，站起来要走，心里默默地骂，有什么了不起，土豪一个，不就是杀猪的嘛，杀人试试？一想到后边这句话，我情不自禁地笑了。这时吴金镙才坐在我对边，撵走小韩，从另一个茶筒倒茶，沏茶。先把那牛眼珠茶杯剩茶倒掉，又满上他的茶，吐出来三个字："喝这个。"便面面相觑，无语，空气像是凝固了好久。我平时是话唠，有人说，如果狗能站在我身边都会和狗说半小时犬语。我实在憋不住了，试探性说，吴总，你的名字起的吉利。说这话的意思是抛砖引玉，我接触的老板个别人信命，不知吴金镙属于这类吗？也许歪打正着呢。那吴总一脸严肃，还是像是欠他300吊钱似的，一丝表情都没变，也没接球。

我猜想那一个时期一直流行"防火防盗防记者"，八成是被同行骗过，我停顿一下，又接着说，从名字看你是自立自强的人，打拼世界靠自己努力，是一个睿智的优秀企业家。人说，三句好话身心暖，我过去秘书出身，察言观色是秘书基本素质，当秘书时候，我的老板常常和我交流，在他脸上放晴天时我变本加厉提出诉求，见到他晴转阴的面孔，我一定找理由告退，拿捏得恰到好处，在那岗位上干了12年呢。吴总嘴角微微一动，直觉告诉我，有戏。我装成算卦的，神经兮兮地说，看看您的名字吴金镙，本来吴金，但是您自己努力镙上金了，无论怎样曲折，您这一辈子不会缺钱，而且事业会如日中天，云蒸霞蔚。后来这两句拍马屁话估计他没听懂，他表情愣了一下，他如

醍醐灌顶，嘴巴上扬，笑出声来。一直做吃瓜群众的小韩见状立即说，吴总笑了，第一次见吴总笑呢。我也笑了。吴金镥亲自开车，他车库七八辆崭新的进口车，我只认识奔驰、宝马长像，他开的那个是跑车，我对车牌白丁，反正只能坐两个人，开起车像是坐飞机，排气管比一般车粗，两根突突突像是放屁，后来听小韩说是兰博基尼，几百万呢。

　　小韩坐他司机开的宝马车，一顿大餐，他仍然话不多，送我到宾馆时从后备厢拎出两个纸带，到房间打开一看吓一跳，六条软中华烟。我不会抽烟呀，这时才想起来，忘乎所以了，正题任务弃在脑后，怎么办？眉头一皱计上心来，第二天我不请自来，见面把烟还给他，他满脸不高兴。我告诉他原因，并且拿出有准备的广告合同，他什么话也没说，从兜里掏出一支笔签名，那笔我在北京燕莎友谊商城见过，叫派克。我要他盖章，他好像瞧不起似的，不耐烦地挥手示意让我走，我刚要走他便用当地的语言叫来一个长得标致的女孩，叫她陪我办款。到财务会计处，那会计把合同在灯下照一下，便数钱。广告还没有做钱却先到了。

我把双肩背包转到胸前，手捂着拉链，疾步跑回宾馆，第一时间就把喜讯报告小韩，这个小子先是目瞪口呆后是口服心服，连叫我三声师傅，我搂着他哈哈开怀大笑。

和他成为好朋友后常常接到他指示，办事都很急。他企业上市公示前一天，电话里叫我当天找三个独立董事，且在北京找，我急得团团转，脑子里不停地转动，搜索资源，只找到俩人。他说加上你吧。我拒之，但是这提醒了我，原来在职也行，手里有大把的人选，给他报一个人，证券公司马上批复同意。忙碌完了，快到半夜12点了。

有次出差石狮市，下午没有事，我没有打招呼便悄悄地来找他，门口他秘书见过我，说吴总在，并要敲门，被我示意制止。我小心翼翼轻轻推开门，发现他一个人在报销白条子上签字，我仔细观看，奇怪的是每签一笔都用派克钢笔扎一下，我脑子里闪过看过的电影情景，东北虎吴大舌头目不识丁，他副官模仿他签名骗走200块大洋，被吴识破，原来吴的签名毛笔中间藏个大头针，凡是他签名，纸上会留下个针眼，怪不得我的合同会计要在灯光下仔细看呢。用日本人讲话，这个老板狡猾狡猾地。我轻轻咳嗽一声，他见有人，手忙脚乱地把所有票据搂住，又藏在抽屉里面。他女儿出嫁，说北京就请我一个人，我没理由不去。我担心场面太大，电话询问中组部一个朋友，对方说八项规定不适用私有企业家，这才如约而至。四川省一个园区招商引资项目在网络上查询到吴总企业列化纤行业20强，要求去拜访，我电话直接打到吴总手机，他问："老谢，什么事?"我说了缘由，他直截了当告诉我，企业不转移。我告诉对方，对方死缠烂打说，我们要求见的是副厅级干部，一定要见。我无奈对吴金镶下命令，必须接见要请吃饭，他应诺。如今我们天天在微信朋友圈运动排行榜中见，他常常排名第一，但是我盯着他的步数，偶尔也超过他十几步，我想他一定表现沮丧失落，又要不言不语。说心里话，又好久没见他了，还有些想他呢。

他女儿出嫁，说北京就请我一个人，我没理
由不去。我担心场面太大，电话询问中组部一个
朋友，对方说八项规定不适用私有企业家，这才
如约而至。

你挑战我的能力

"谢老，我已经自己搞服装厂了，有时间到广州告诉我，请你坐下。"叫我谢老的，这个电话的主人叫张伟，坐下的潜台词就是吃饭，那是 2008 年年初的时候。认识他是在 2006 年，一年一度的广州交易会上。2006 年春季，浙江省洪合镇抱团取暖，组团参加广交会，也请了我。那年广交会展馆并不是想象的人声鼎沸，偌大的展馆人若星辰，稀稀拉拉。广交会的特点是参展的和参观的准入门槛都很高，我们先是交照片后又报到省商务厅审批，还要根据参展企业比例确定人头。广交会期间我的任务 30 分钟完活儿，人家开个新闻发布会，十几个记者参加，无非是捧捧场，各类领导讲话后，主持人宣布结束，我们作鸟兽散。我散兵游勇，隶属吃瓜群众，便走进展厅寻找自己的兴趣。这是个综合性展会，厅内琳琅满目的产品，农副产品为主，纺织品稀稀拉拉淹没在苞米、花生和东北大米的海洋。走过一排铁观音茶叶集聚区，像是大海捞针，眼前见到的张伟，乍一看十足的小鲜肉，看样子顶多 20 出头，小脸白白嫩嫩的，让我过目不忘的是他透着聪明伶俐的眼神。见到我走到他的展位，他像是有准备似的迎了上来为我引路，一边介绍他的展品，一边倒茶，嘴巴没有闲着手也忙，这么过度热情，我有点惊悚，还好的是他的展品我懂，展示的是牛仔长裤。我就此切入，从世界牛仔水洗工艺突飞猛进的土耳其国家，到中国牛仔广东新塘、大涌、均安镇，到开平市的牛仔集群，侃侃而谈。他偶尔应诺，表示同意我的观点，他介绍自己是四川人，16 岁闯江湖，在广州打工三年了，主要从事服装销售业务。我话锋一转说，拿破仑有句话叫"不想当将军的士兵不是好士兵"，你有订单就有机会，就可以以代料加工办法自己当老板，他听的有点目瞪口呆。茶喝了三道，我们互相留下名片，我告辞。这是我从事记者最普通也是最常见的一幕，这个场景在外每天都要重复着，不足为奇。

回京后一个多月，当我把这件事忘得一干二净时，一陌生号码来电，一般来说陌生号码大多有两种可能，一是卖房地产、贷款和收藏类的搔扰电话；二是快递到货或者诈骗犯的。自从我在北京买了个60平方米的小屋，我这个电话号码一段时间成为卖房子热线，还有人冒充公安机关干警的，说是医疗卡号被盗，开出禁购药品，让我一个小时内到北京市公安局报案，我说，好，我就在北京市公安局门口，那个骗子立即挂了电话，我骂句国骂，跟我来这套路，还嫩着呢。我那时任杂志广告部主任，怕是客户来找，电话必接。那个电话中说，我是张伟。听罢，我有点儿晕菜了。脑袋里扫荡一遍又一遍，这个叫张伟的名字太普通、太中性，手机号码里存12个张伟，有七男五女，电话那头也许是听到我默默不语，便自我介绍，说上个月广交会，牛仔服。我啊啊地应付着，想起来了。电话是报信儿的，他兴奋地告诉我，他已改换门庭，自己干了。

巧了，我正好赶个会议去广州，我去了他的企业。企业在一个居民区，大约60多平方米的住宅内，挤进挤出20多个工人，成品、半成品裤子堆满空间，一个盛半袋拉链的袋子横在门口，不同颜色的拉链探头探脑地伸出头来，我踩着一夫当关、万夫莫开的路障，艰难地来到充其量厕所大小的办公室，一台电脑一个椅子占了3/4的空间，屋里弥漫着刺鼻的味道，他也许久闻了不知其臭，并不以为意。他把椅子让给我，挤站在我面前，我都可碰到他肚子，可能他觉得不雅，又把我拽到附近的咖啡厅，他边走边唠唠叨叨没完没了，我不露声色听着。他告诉我，生意还行，单子做不过来。我帮他出主意："把单放出去，你只管收单。"见他茫然，我给他三位中山市大涌镇牛仔企业家电话，又觉得不放心，索性领他一起拜访。大涌镇是中国牛仔服装名镇，集中百家从事牛仔加工的企业，这个地方老板大多姓肖，且个子越矮钱越多。有句话叫歪打正着，大涌镇的牛仔企业正愁肠百结，为订单急得如热锅蚂蚁团团转呢，那个叫肖志豪的会长热情接待，并且当场签约，一拍即合。酒足饭饱，他用牙签挑起塞在牙缝里面的肉碎，呸呸，吐了出来。我开始装明白了，有人叫我"全球通"，有次我们去青海出差，参观时一个20多岁的小导游姓戴，看了两个景点，闲着无聊，我给导游看手相，我盯着她脸半天，叫她闭上双眼神叨叨地说，你们家两个枝，她说三个孩子，我说你别抢答，是二枝一骨朵，两个男孩一个女孩，她瞪着眼睛佩服得五体投地。围观一大群人，我来精神了，提高了嗓门，"你心比天高命比纸薄。"这下戳到了她泪点，她告诉我大学没有考上才上的旅游学校，我接着又高八度音眼睛看着围观的人说："你祸不单行，对象刚分手。"这又是伤口上撒盐，她泪崩，众目睽睽之下，扑在我肩膀上哭得一塌糊涂。我说："你哭吧，哭个痛快，小戴是一个好孩子。"事后同事张京炜让我解密，我告诉她，很简单，开始靠瞎蒙，本来猜错了，一个骨朵把我救了，后来察言观色，让她闭上眼睛发现眼皮不停抖，说明有心事，没有睡好觉，这个年龄是失恋为主的时期，一路上从她认真的态度看她什么都要强，心比天高也，其他的你懂的。

因为喜欢帮人，老板遇上事都要请教我，我是样样通样样松，半瓶子醋，但是搞企业管理，我略知一二，我过去就职的企业吉林化纤集团是万人企业，是行业学习的榜样。我严肃地问他说："搞工厂最怕什么？"他不假思索地回答："当然最怕没有订单了，还怕客户欠你钱。"我告诉他："当然，这些都重要，但是最重要的是安全生产，你现在的工厂如果万一，我是说万一发生火灾，工人能逃脱吗？"张伟是一个聪明人，响鼓不用重槌敲。他连连点头。那年冬天，我在外出差，办公室孙老师来电话说，收到一个邮件沉沉的，我回来后拆开包，眼前是一堆裤子，各种样式和颜色，有牛仔裤也有休闲裤，还有西裤，牛仔裤又分薄和厚，数一数共计八条，包裹里面有一纸条，歪歪的字迹，大意是他按照我身高和腰围，做了几条裤子，都是流行色和流行面料，让我试穿。在一旁的孙老师见证这一刻，幽默风趣地说，够你穿进火葬场了。

　　小草青青又黄黄，树叶落了几番，十年光阴，他筚路蓝缕、玉汝于成。2016年春节，我浏览拜年短信，他冒了个泡。那泡上说，他回老家绵阳市了，在创办新公司，并邀请我去他老家看看。春天，成都纺织高等专科学校的刘老师约王会长去绵阳考察一家企业，我陪同前往。我想起张伟，就给他打了个电话，电话那边传来他的热情与期待。他办公室在一个五星级酒店里，好像叫作绵阳富乐山国际酒店，听刘老师讲是当地最好的酒店，依山傍水的，他和同事早就订了包房，边吃边聊。他是滴水之恩当涌泉相报的人，挂在嘴边一个劲地夸我，说我是他恩人加恩师，他的成功有我教诲云云。我了解到家乡领导多次去广州招商，求他回来创业。他是性情中人，乡愁情谊浓浓的，刚刚回到绵阳市，目前搞的项目是互联网+，凭借他多年闯荡社会的经验，和拼命三郎的激情，他和地产商合作，组织靓女俊男一支队伍，专业在网上销烂尾楼，还真有成果。他念念有词和我说什么大数据，马云，马化腾，这世界是青年人的。他说马云我略知一二，马化腾是谁家邻居？我不知。我已经落伍了，当他请教我，让我给他指指路，我实话实说告诉他，这回，我真不懂了……

世间的饭不是一个人吃的

说这句话的是浙江八方牛仔老板，据说那个老板有一点"各色"，依我经验，凡是有特点的老板都会有一技之长。采访他时，他和驴友爬喜马拉雅山脉刚刚回来，脸部晒得黑炭状。他告诉我，冬泳、登山活动是他业余生活，企业和他身板双强。问他为什么不把企业搞大，他说："人世间的饭不是一个人吃的，干嘛自己找罪受？"我采写的题目是"有一种选择叫攀登"，是描述他如何做强的，被编辑出版，收获一片好评。对这句话理解不仅于此。记得北漂第三年，有两个老板目光聚焦我，都是广东，但是不同的地点，一个是大朗镇毛衫协会会长陈总，这个人四十多岁的年龄，但是在生意场上打拼多年，有成绩也小有名气。我和他交流企业管理时讲到"企业管理归根结底是人员管理，只有抓住人的管理，才能使整个企业可持续发展"，用人的原则是"有德有才提拔重用，有德无才培养使用，有才无德坚决不用"。他马上从兜里掏出笔记本，一个字一个字记上。从表情看对我佩服得五体投地。那年中秋节他请我参加他家的饭局，把他做生意的妹妹、办企业的弟弟介绍给我。事后大朗镇经济办公室黄主任听说此事，说，老谢，这个是当地人最高礼节，用你们东北话讲铁哥们儿，钢钢的。

记得有次见面，他突然起身，神秘地把办公室门反锁，用广东普通话说，依我经验做纺织原料生意有大把机会。他的话我有同感，我过去就是纺织原料厂职工，那个时候靠自己工资生活，捉襟见肘。和劳资处杨处长曾经讨论过干什么合适，他老谋深算，说："我研究来研究去，干销售员合适，市场营销供不应求时下游企业求你，市场供过于求时，企业求你。"见我晕晕的，他捅破窗户纸说："产品紧俏，你在客户中成香饽饽，走哪吃哪；产品滞销，企业有政策，卖货有奖金。"那年在企业招聘销售员，他撺掇我报名，那个时候我当秘书，他是主考官，泄露考题给我，我考试得了第一名，结果到老板处没有通过。老板说，干销售员长期在外出差，你要考虑好。那时老板说话比我爹说话好使，一见老板不高兴，就打消了念头。刚刚到北京时我跟领导也建议做原料买卖，无果。陈总说："你想好，搞个方案，我出费用，并配个人跟你一起干。"机会来啦，我却有点小紧张，试探性问他："我能行吗？"他盯着我的眼睛，十分肯定地说："你行，我不会看错人。"纠结了两天，主要是我在杂志社顺风顺水的，领导重视，群众支持，收入也可以。有句话叫"人心不足蛇吞象"，看看老板们坐奔驰、开宝马，买房、旅游，财务自由，钱当纸花，一掷千金，心情有点儿复杂，我还是想试试，便写了一纸协议，为防范风险，我先兼职，每月到大朗一次，他提供差旅费、交通便利、办公场所等，效益按照利润20%作为我的收入，基本工资5060元／月。他看看很惊讶地问："还要先给你买台车？"我说不要，交通便利是报销打车费。他听罢毫不吝啬，掏出笔在协议上签字，当场生效。我先在他财务借两万元差旅费，他说不够，又从手拎包里掏出两万元，我和他配的同伴李姓男子踏上旅途，我们先走河南又赴山东，折返江苏直奔吉林，半个月后签署了三个合同归来，那个时候纺织原料市场销售疲软，买方市场。第一单生意是把四川丝丽雅的原料倒手卖给大朗一个企业，赚了一万多元。又搞了两个月，算账时发现赤字，差旅、工资和运作公司亏损12万元。12万元，对于我是两年收入，我觉得对不起陈总，心中小鹿乱撞，忐忑不安地和陈总汇报。他轻描淡写地说，小意思啦，没"毛台"了。后面一句广东话是没问题。但是我有问题，那段时间，心

情一直沉甸甸的，嘴上挂着血泡，洗脸时，向镜台一照，眼窝又添一圈黑色，成了"熊猫眼"，彻夜不眠。我心理承受能力太差，想要去死一样。想想，陈总看走眼了吧，不敢和他当面告别，一纸辞职信塞进邮筒，我睡了一个踏实觉。事过境迁，我仍然觉得对陈总有一种愧疚。当我辞职一个月后，市场发生变化，然而我命中注定，失败在黎明前的黑暗。

第二个是湖南籍广东老板，唐姓，他曾是老家纺织厂销售处长，往来湘粤后醒悟过来了，两夫妻开张"湘隆纺织公司"。我最喜欢的是听他讲湖南话，亲切的感觉像听毛主席的指示，为此，只要到广东西樵镇，便串到他公司喝茶聊天。那时我常和张井波跑广东，他不在公司，他老婆，一个靓女请我们吃饭，一口一个谢大哥，让人觉得温暖舒服。连续两年，他们每一年都交给两万元做广告，中国纺织报徐红找老板娘做宣传，她拒绝说，我们宣传谢大哥说了算。在广东虎门镇有个"以纯"服装企业，我介绍给唐总，也是"瞎猫碰上死耗子"，他们举杯握手，从此以后唐总更加信任我。信任是合作的前提，2005 年上海纺织服装博览会上他接到大量订单，他找到我说："我想在北京设立办事处，你来经营。"有了大朗镇陈总的营销经历，想想自己的心理承受力，说实话，我是第一批进入股票市场的，每天盯着股市行情，我的股票涨了，睡不着觉，心里盘算挣了多少，股票跌了，更睡不着觉了，算算一天之内就亏了 2000 元，够一个月收入了，一个月下来，身心俱疲，血压升高，医生开一堆诸如"柏子养心丸""谷维素"等，思来想去，我把股票全抛，血压也降了，睡觉也踏实了。想想"人世间的饭不是一个人吃的"这句话，这次，我果断放弃。

你不可不知的真相

竹纤维被称为"棉麻毛丝"后的第五纺织元素。1999 年 3 月，我陪吉林化纤董事长付万才来京办事，住在华侨饭店。

当时河北吉藁化纤厂厂长来北京见老总，我问他有什么事，他有些结巴地说，关于竹纤维的事。

我听后第一感觉是他脑子有病，用竹子生产纤维不是天方夜谭吗？他是被逼急了，河北藁城化纤是吉林化纤从河北购买来的子公司，生产黏胶纤维，他被派去后资金、原料都存在问题，尤其是原料。生产黏胶的原料主要是棉短绒和木浆粕，世界森林的减少和棉花市场波动制约着化纤的生产。作为河北藁城化纤的一把手，他一直想寻求一种长治久安的原料。他虽然只有相当于大专文化的文凭，但一直都是肯钻研善于动脑的人，在一次出差中他见到竹子可制浆造纸，也就引发他利用竹子制造浆粕生产竹纤维的想法。这想法很快得到证实，他把它从实验室带到实际生产中来。听了他的汇报，付万才董事长半信半疑。

到了 1999 年 7 月，他把用竹纤维生产的 T 恤衫送到我手里，叫我给付万才试穿一下。这 T 恤银白色的，放在手里沉甸甸的，像有光泽。我送到付万才家时，他问什么东西，我说竹纤维的 T 恤，让您试穿一下。付万才也感到新奇，马上就套在身上，还行，他说，挺凉的。但是合身的竹纤维 T 恤衫经水一洗成了裙子，这新东西还是要完善呢。

他是个有心人，虽然竹的东西不甚理想，但他还是申报了国家专利。竹纤维的浆粕在不断的调试中向前迈进。

对竹纤维的市场运营，身处河北的他把眼光瞄向中国的金融中心——上海。上海是经济发展脉搏最灵敏的地区，而上海五矿公司的一位业务员听到这一消息后，第一时间赴河北与他商量全国总经销的代理权。于是，由上海的余钢成立上海天竹贸易公司，河北藁城化纤以入股的形式共同敲开市场之门。

余钢何许人也？他过去搞过点小贸易，但是人绝顶聪明，也肯钻研，虽没涉足过纺织，但是对竹纤维是一往情深。于是，在上海五矿大厦的 515 房间，余钢的公司便有了办公地点。其实，对竹纤维的市场前途，余钢茫然不知，开头也不顺利，对于这一新鲜事物，关注的人多而关心的人不多。搞了几个样品并无人问津。听说参加展会有作用，他从报缝上看到一则纺织展的信息便去参加。

巧了，在展会上中国人没有感兴趣的，倒是两个外国人有兴趣，留下名片并带走了样品。

在漫长的等待中，余钢度日如年，竹纤维纱线堆在仓库，他愁得是每日只出不进的日子能坚持几多时光。

这期间河北藁城化纤也发生了一些变化，原来的老总因故被调回吉林市，而接手的是一位学浆粕专业的大学生，对竹纤维的继续研究是他锁定的目标之一。为解决竹纤维的硬度和缩水性问题，他请他的两个同窗出山，其中一人负责竹纤维的销售，做销售工程师，另一个则长期驻守余钢处，与用户共同开发竹纤维。

搞销售的是个有热情有韧劲的中年男子，他的特点是与所有的人都可以共事，东北话讲是"较混合儿"，有一股与世无争的秉性。而另一人则精明强干、忠诚，到上海后便协助余钢跑客户、攻难关，成了余钢面对面的老师。

正当大家对竹纤维心怀犹豫时，却迎来了柳暗花明又一村的惊喜。从外国商人那里邮来两张检测报告，他们对竹纤维进行详尽的检测，检测结果表明，在棉纤维和竹纤维中放入等量的细菌，24小时后竹纤维里的细菌奇迹般地消除了，竹纤维的抗菌性是由于竹的特性决定的，竹子在生长过程中没有虫蛀。

对竹纤维的研究，外国客商又有新的突破，他们把竹纤维做成各种纺织品，但本国不生产竹子，在试验过程中求购于上海天竹贸易公司，使余钢的公司有了一点进项。但是试验所需充其量几十公斤足矣，要想维持正常的贸易往来，还是远远不够的。中国人的跟风是最有特长的，就在吉林化纤的河北吉藁公司生产和研发了竹纤维后，上海一家纺织研究院很快也宣布生产出竹纤维了。其实，生产竹纤维的核心技术不是很强，也许凡是生产黏胶纤维的企业在工艺上进行调整都会破解这一难题。

时间到了2002年，吉林化纤下属的河北藁城化纤，人员上有了一些变化，付万才董事长退休，不久新人接任老总位置。可喜的是这人对竹纤维也是一往情深，这种研发从没有停止过，只不过上海作为竹纤维窗口的作用仍然没有大的突破。

2002年8月，我从吉林市到北京工作，刚到北京，负责一家杂志的营销。当时客户和路径都是大问题，但我想到了竹纤维，不知它的前途如何，这时认识了余钢。余刚清楚我的底细，便安排我住下，我则整天泡在上海天竹公司办公室，老总交代一个任务，是要与另一家打官司，就是生产竹纤维的研究院，我此时以记者的身份去探访对方。我敲开对方大门，让人惊喜的是对竹纤维的开发他们有很多突破，比如家纺上的产品，比余钢那里的品种多，质量也好。

剩下的日子就是找律师，我和余钢咨询了几家律师事务所，头都跑大了，一家一家地见面、陈述、收集各种证据。在进入实质性阶段时，我傻眼了，律师打官司是收取费用的，而且对我们来说是个天文数字。

这事和时任老总一说，他忖了一会儿说，那就先放放吧。

但是也不能就此不前进了，我出个主意，在报刊上写个文章，回击他们一下子。

于是我又返回北京，找到报社的熟人，人家还是蛮支持的，派记者随我去河北藁城化纤采访，采访后写了两篇文章，主要是针对谁是李逵谁是李鬼。两篇文章是阻挡不了市场上竹纤维的真与假的，余钢在这期间显得很郁闷，公司越来越困难，有时我陪他几乎彻夜长谈，他竟动了让我加盟的想法，大概主要看我特能吹牛的因素吧。他告诉我，如果有客户时，效益可分成。我知道河北藁城化纤一吨让利500元，我天生对生意经外行，从小也没有那意识。所以，我也没和余钢搞什么分成，但我对他的贡献还是有的。

安徽一家企业办公室主任到上海时，我特意安排和余钢见面。

那位主任答应销一些，余钢高兴了。

接着，我出差到浙江杭州，认识了杭州一位老总和绍兴生产力促进中心的胡克勤，两位老总都是思维敏捷、对新事物倍感兴趣的人，和他们忽悠竹纤维的事，一拍即合。后来这两家都是竹纤维联盟的主力，而且在竹纤维的起始阶段，立下汗马之劳。老总旗下的网站也是竹纤维发布新闻的主要媒体，他的公司也是竹纤维的主要企业之一。我呢，把广东专门搞布料的湘隆纺织公司的唐建中介绍给他们。这样，形成了纤维—纱线—布料一条龙的循环服务。胡克勤是土生土长的绍兴人，据说他的爷爷和鲁迅是同学，流在他身上的血传承了儒雅的风尚。他的精明是步入企业改制的一台机器，这机器成为一颗使他受用一生的摇钱树，他很快成为绍兴地区的风云人物，许多人为探听奥秘开着"奔驰"车，离企业200米时停下，穿着破衣服跳墙，进车间探听真谛，但大多都没搞懂。胡克勤的成功是来自于他的睿智，也来自于他为人谦和。

我第一次与胡克勤见面是 2003 年 4 月，经朋友介绍认识了他。

我去时坐火车到绍兴站下车，离他的所在地柯桥 8 公里。他开车接我，没有一点儿大老板的派头，陪我到一个叫"鱼得水"的饭店吃饭，吃得十分可口。服务员后来告诉我，胡老板点菜时吩咐她们，客人是东北人，点菜要适合东北口味儿。

这是我到外边闯荡难忘的美餐，回想起来就有一种小感动。

这一次，我们商量创建竹纤维联盟，而且胡总叫我给另一位老总打电话，第三个人昆山潇荣毛巾厂的王雪荣也开车来了。

王雪荣是余钢发展的竹纤维合作伙伴，这人特爽，对朋友好得不得了。在企业磨炼几年，承包了毛巾厂，后转制为自己旗下。王雪荣开发的竹纤维毛毯远销国内外，与许多知名的公司都有业务往来。尺有所短，寸有所长，他的优点突出，缺点也突出，缺点是对企业管理不太擅长，企业产品质量抓得不够到位，货品供应不及时，我曾给他介绍吉林化纤的领导。2004 年，吉林化纤召开用户座谈会，座谈会上要纪念品，我推荐用竹制品并推荐了王雪荣，合同都签订了，到了开会前一周礼品仍没到货。每天都派专人给王雪荣打电话催，一直是在拖。无奈，把我和另一位业务员小高派到他厂里去催。我一去才知道，压根儿就没货，剩下只有五天时间，用户座谈会也不能因为这而改时间呀，我俩蹲了三天才东凑西拼，搞足了货，货只有随人随车带到会场。第二年 2005 年又开用户座谈会时，我决定改为余钢做纪念品，人家余钢一天也没耽误，上海人在生意场上的精明令人折服呀！

我把胡克勤与王雪荣两家联系在一起，要发展，王雪荣缺的是资金，当王雪荣把窘境和胡讲时，胡克勤伸出友谊之手，借给了王发展竹纤维的钱。这借钱的事我不知道，到了还钱时，王雪荣如热锅上的蚂蚁急得团团转，他打电话给我，叫我跟胡克勤说一说缓两个月。我丈二和尚摸不到头脑，才知王雪荣借钱了，但也硬着头皮和胡克勤说此事，胡克勤听了很平淡地说："借时也没通知你，你不用管，他什么时候有钱再还呗。"

我思忖，这胡克勤做人真让人佩服，王雪荣的加盟又多了两家上下游的企业，一家是安吉的毛才清，也就是谈竹庄，另一家是太仓二棉老板。谈竹庄的毛才清是典型的浙商，人很精明。过去他靠安吉的中国十大竹乡之首的地利，搞竹产品加工，竹椅、竹筷子什么的小打小闹，此人对竹纤维有深刻的理解，并创造性地把竹文化注入竹纤维产品开发之中。我是由王雪荣陪我见毛才清的，这人满嘴的经文：

> 可使食无肉，不可使居无竹；
>
> 无肉令人瘦，无竹令人俗；
>
> 人瘦尚可肥，士俗不可医；
>
> 旁人笑此言，似高还似痴；
>
> 若对此君仍大嚼，世间哪有阳州鹤；
>
> 若要不瘦又不俗，天天笋焖肉。

他说，谈竹庄的所谓"谈"，当然是谈竹文化、竹精神、竹经济、竹产业、竹产品，与竹相关联的内容都是谈竹庄谈的内容。

这小子虽只有40多岁，但知道的却很多，比我还能忽悠，回过头来想，毛才清的聪明之处是他依托安吉竹乡的优势，打竹原产地、原产品的文化产业牌。中央电视台经济频道推出大型系列专题片"晋商""徽商"，后又推出了"新浙商"的专题，毛才清作为"新浙商"的杰出代表，与娃哈哈集团、雅戈尔集团等接受采访。在专题片播放时，毛才清用短信通知了我，可气的是播出的时间临时有了改变，我没看到现场直播。

毛才清是细心的人，也是精明的人，他的精明在于他先是与王雪荣合作，在搞清楚葫芦里卖的什么药后，便自己找企业加工品牌，以减少成本增加附加值。见到我之后，他和我一同见了胡克勤。在绍兴轻纺城大酒店，他希望我加入他的团队，我当时对竹纤维前途不是很有信心，加之我也不想再给任何人打工。我坚信，社会分工就注定有一部分人发财坐轿子，也有一部分人终身抬轿子，是天注定的。

2004年到安吉时，"谈竹庄"还只是一个30平方米的门市房。到2007年冬，冒着严寒又到安吉时，我惊呆了，面前是一个足有一个篮球场大小的谈竹庄大楼，大楼四层，在宽敞、明亮的一楼展示厅，与竹有关的纺织品琳琅满目，让人流连忘返。在安吉著名的"藏龙百绿"旅游区，一个更宏伟的计划正在实施，在旅游区的黄金地段，他又租赁了一幢大楼，他一边走一边介绍，要把据点移迁到这里，包括建设一个小型宾馆，集产品展示、办公、食宿为一体的竹产品销售中心也即将开张。徜徉在"藏龙百绿"景点，我见人头攒动中有一醒目标语"竹纤维纪念品"，便走上前去，老板是位标致的小女人，她正在为游客打竹纤维毛巾的包装，一问价格是每条20元，我知道这在企业批发3~4元/条。她告诉我，加盟店已开张3个多月，出售竹纤维毛巾2000多条，游人到景点总要捎一点纪念品的，而竹纤维毛巾价格不贵、新奇、携带方便、包装考究，是众多游者的首选。对竹纤维产品，从老板那溢于言表的兴奋中，我看到了希望。

据毛才清讲，他已经发展了200多家竹产品专卖店，遍布全国，我在赞叹他经商精明的同时，更佩服他的勇气。记得第一次，2004年我去他公司时，他开的是一台"桑塔纳"车接我。这次换成"凯迪拉克"了，而总部大楼有了诸如"中国竹文化网""中国重型纤维网"和"竹纤维协会"的幌子，让人感受到毛才清的后劲和潜力，也不知道他会走多远，但种种迹象表明，在竹纤维产品销售运营中，他是不可忽视的潜力股。

在安吉与毛才清齐名的还有一个"竹天下"，竹天下兵分两路，一个是李星海老板。李老板半百的年龄，人很坦诚，到了他装潢精美的专卖店，他热情和你打招呼，并马上叫你试穿他的产品——竹纤维鞋子，这鞋和普通的鞋区别在于他的衬里是用竹纤维材料加工的，穿上后脚很凉爽，最适合有"香港脚"的人。我边穿边说，给中国足球队送一批，治治这些"臭脚"。

这不经意的胡说，李老板倒认真起来，他马上同意，叫我回京联系。

李星海也是安吉搞竹纤维产品的第一拨人，我称他为老红军战士，而他与众不同的是第一个将竹纤维应用到鞋上，还申报了国家专利，随着人们对鞋的环保高科技的体验，他的产品不应该没有好的销路。

在安吉与竹天下打一张牌的另一家是俞元平老板。俞老板是从装饰画行业中淘到真金白银，转行看中竹纤维产品的，这人一见面马上会令人联想到是个大手笔。他进入这行比较晚（仅半年多），但发展速度比较快，突出的是竹纤维内衣搞得有创意，在展厅中见几个工作人员正忙着发货。我们聊了好久，从他请国内一流的公司搞包装和生产质量高的产品中可见他的决心。他说，已投入近千万打造自己的品牌，现在仍然是只有投入没有产出，但是，他坚信不久的将来，要超过谈竹庄。

从他铿锵有力的谈话中，我有点相信他了。

时光转到 2005 年年初，河北吉藁化纤厂领导又一次移交，接班的是年轻有为的宋德武。国有企业的一把手就像跑接力，一棒一棒地往下传递，宋德武 30 多岁便走上这么重要的岗位，不是他会溜须拍马，相反，他心直口快，重要的是他对事业有如生命的责任心和睿智，以及踏踏实实的管理之道。他大学毕业便到吉林化纤，这个农村出来的学生，秉承了东北农民的朴实无华和对事业的孜孜以求，他分配到调度室，在任调度的日子里，他把学到的知识融入企业的生产实践，后来他接任了一个 2000 人的车间主任职务。给我的印象，宋德武见人总是那么谦虚，他会认真听取任何人的意见并不断点头称是，而对车间的管理又是细致到极点，他不分昼夜地对生产进行整改和攻关。当时企业承担出口日本长丝任务，而日本人又以最挑剔著称，能让日本人满意不是件容易的事。他却把困难的事做得很容易，也许因为这，他才得以被王进军董事长委以重任。

宋德武上任后，就把全部精力放在竹纤维的生产和研发上，他改造了生产中的关键工序——磺化机，使生产能力和产品质量提升。他起用对竹纤维了如指掌的朱焕有，让其大胆工作，发挥其亲和力的特长。他对上下游产业链采取产业联盟的方法，形成闭环的竹纤维主力阵营。而上下游共同打造一个品牌则是他的创意。他的品牌叫"天竹"，他们是以联盟企业为核心，联合国内相关产业及科研院所，共同开发"天竹"纤维及下游产品。

在产业联盟中与我有密切关系的，还有一家叫北京梦狐的老总张士军。张士军是河北宁晋县人，20世纪90年代初，他当运输司机时接触到广东汕头一带的布老板，他便卷入其中，开始贩点儿布头，请在石家庄百货大楼的营业员卖掉，有了积蓄就折腾更大的买卖。比如，90年代女人不论胖瘦高矮都往腿上套的形体裤，是他较早从广东深圳一带引入内地的。再后来的彩棉，他也是第一个吃螃蟹的人。竹纤维的风吹到耳边，他就嗅到这是一支潜力股了。对竹纤维的开发他费尽心思，为有一个好的款式，他一方面"拷贝"，一方面重金请一位日本设计师井上小姐。在2004年中国国际服装博览会上，他的展厅备受注目。中国纺织工业协会会长杜钰洲到他的展厅看了样品，听了汇报，说他是中国竹纤服饰第一人，这也是他包装自己的资本。据说，在一年内他投入600多万元对竹纤维进行宣传。2006年春天，他在北京京广大厦搞一个新型纤维产品发布会，那阵势空前绝后，光中央电视台就有7个频道来捧场，北京电视台、商业联合会、客户共200多人参加，我把协会一个副会长请到并发言。这一年他把竹纤维服饰放到西单商场最佳地段去销售，竹纤维的T恤标价700元/件无人问津，前面加一个"1"却卖得很好。北京这地方是花钱的场子，买高档服装的不一定是穿的，而穿高档服装的不一定是自己买的。

张士军对竹纤维的钟情也使他成为这一行业的知名人物。有一次他与毛才清在一桌吃饭，毛才清自吹他对竹纤维的了解，当交换了名片，知道桌中有张士军时，他马上灭火。一个劲儿地说："张老，你讲

讲吧，我鲁班门前弄大斧，关公面前耍大刀了，见笑见笑！"

张士军在加入竹纤维联盟后，宋德武对联盟成员有一要求，就是打"天竹"品牌，这样有利于整体推广，也可很快提升知名度。按理说，这要求不算过分，但老谋深算的张士军却有另外的考虑，他的品牌一直是梦狐。改"梦狐"为"天竹"，张士军怎么也想不通，这事就耽搁了。

天竹纤维产业联盟一开始，吉林化纤集团董事长王进军就很支持。王进军是湖南人，高等学校毕业后分配到大庆腈纶厂。他是位睿智和聪明的人，也是厚道之人，很快就成为生产的顶梁柱。后来又到北京一家外国公司工作，吉林化纤上6万吨/年腈纶项目，他是作为人才引进的。应该感谢当时的付万才董事长慧眼识珠，王进军也没有辜负众望。很快，他被提升为集团副总，从副总到董事长只经历半年，付万才退休后，他掌管主帅大印。他是一个学习型老板，对新生事物都有兴趣，搞 ERP 吉林化纤是信息部的典型；他也是一个开拓型的老板，上任四年产值利税翻番，人员却减少 1/3，许许多多的做法都与市场合拍，与经济发展同步，让人佩服。

当竹纤维从独家生产到有不同声音时，他对宋德武说过，什么叫正宗，你把市场覆盖面搞上去了，你就是主体。

2007 年，在湖南益阳召开天竹产业联盟会时，公布了河北吉藁化纤公司生产的竹纤维 12000 吨 / 年，占市场的 95% 时，就证实了王进军的说法。

宋德武在竹纤维的宣传和推广上动了不少脑筋，他曾领着同盟内的企业到深圳、上海、北京举办论坛。凡是能有集体展示的机会，他都不放过。竹纤维在市场中日趋成熟，然而人无远虑，必有近忧，这时有一事困扰着他，就是市场上的竹纤维如何规范。于是挂牌、检测手段双管齐下，他还派一名责任心强、懂业务的工程师来追踪服务。

如果说有人发现发明了竹纤维，解码了它的奥秘的话，那么吉林化纤的两任老板付万才和王进军则是为解码的人创造了平台，后来吉藁化纤公司领导一直到宋德武，一棒接一棒地传递着竹纤维的火炬，使这一被称为第五元素的新型纤维生命力更加旺盛，而从开始一直追逐竹纤维的天竹产业联盟的企业，则是这一巨轮中的划桨手，众人划桨，竹纤维这艘大船，破坚冰闯风浪，不断地驶向希望的终点。

在新事物的起点上，有先驱者，也会有先烈，大众创业万众创新，谁把握成功之路的钥匙，谁就是王者。

比智商更可怕的

回忆在秘书工作岗位的历程，体会最深的是"创新"两个字。

创新是民族之魂，是企业之魂，也是工作之魂。

20世纪90年代，我刚到秘书岗位，机关书记打来电话，电话中说机关工会主席老丈母娘生病，来了批鱼，叫我负责分一下。这是一批开江的鲤鱼，虽然是网挂上的，但也有大有小，我和文书小常把鱼分成平均几份，便工作去了。

拿起材料刚要动笔，又顿住了，人均分的鱼，领导肯定不愿意先取，干脆贴上标签不就从无序到有序了吗。于是，每条鱼下面都标明是谁的。书记先到看见自己的名字就拎走了，看表情心满意足，因为是挑大的给的，其他人也没意见。事后书记表扬我，谢秘可以了，工作肯动脑子，有创新。

不久，不知从哪搞来一批甲鱼，送来一筐要分一下，书记点名要我分一下。我二话没说，叫来文书依照分鱼的办法分了起来，可问题出现了，这甲鱼是活的。无奈只好把标签贴在背上，我们就吃饭去了。中午吃完饭一进走廊有人就叫开锅了。原来贴着标签的王八爬了满走廊，见到的人笑得肚子疼，这娄子可捅大了。领导考虑到我出发点是好的，写了检讨才保住了工作。

　　甲鱼和鱼虽然一个字之差，结果却差之千里，这是简单效仿结出的苦果，想成功就必须在每一件的细节上下功夫，正面应对生命中每次的挑战。

压缩让人急速成长

　　到了北京后，才知《纺织信息周刊》当时一年广告20多万元。我问财务处长，多少才能收支平衡，她告诉我要120万元。五年多的实践，我到2007年年底统计广告收入914万元，我曾对黄娜（记者）说，快把山东一家公司的欠款2万元追来，到年底争取916万元，为的是个吉利数字，无果，也就是说离开这个职位也是顺天意的事了。

　　回忆在这个工作岗位的历程，体会最深的是创新两个字。

　　广告对我是陌生的行业，但我记住付万才的话，事在人为。便开始了背着材料流窜在各地的日子。

说起这事儿，还得感谢我爷，我爷是农村掌包的，就是《闯关东》电视剧传杰的角色，12岁他就叫我赶马车，马鞭子在手吆喝一阵，怎么甩马也不走。爷说，你站在马的身旁靠近他。我一靠近马，奇了怪了，马自己就走了。我想忽悠广告也该是这个理儿吧，要零距离接触，创业不能守株待兔，要手拎枪杆子满山遍野去找兔子。领导见我不分黑夜地下去辛苦，曾劝我，打个电话不就行了，但我还是坚持到企业。我这个人从小吃苦，养成不服输的秉性，我分析了一下业内做广告比较出名的三个人，有一人比不了，才女，文笔太硬，我曾把她写的东西当范本研究，而其他两位除性别没法比以外，我不服她们。写稿，用王丽媛老师的话说，小谢在《中国纺织报》是有名的笔杆子，一个企业一年搞出十几篇文章，还获奖。广告人靠嘴皮子，我便有优势，我的优点是能吹牛，缺点是太能吹牛。其实，"吹牛"两字人家有新名词叫"策划"了。

第一单的印象最深。那是福建石狮，石狮是服装集群地。到了当地有人介绍林总，说这个老板最早搞纺织生意，有钱。我敲开门时，他问了一些情况，见他电话不断，我不便打扰，就把我们的刊物送他两份。第二天去找他，工厂的人说他妈妈去世了，处理丧事去了。

在住的地方郁闷了一天，我问宾馆的一个服务员，当地的习俗人死了送什么？人家告诉我送花圈，兜里钱不是很多，我还是咬咬牙买了个500元的大花圈，并写上挽联。抬到灵堂，当地人都愣住了，林总握住我的手，满脸感激，一句话也没说。到出殡那天，我也参加了，我这个人一见死人就掉泪，情不自禁。

哭痛快了，心也痛快了，那天回到20元/人的像大车店一样的旅社，睡到半夜手机响了，是我忘关机了。打电话的是林总，他问我在什么地方住，马上就到。见面后，他第一句话是搬家。我说，我们差旅费包干，住不起宾馆。他的司机小付说，走吧，就帮我搬行李。他接我住的是大酒店，四星级，一宿打折后338元/人，住下后又要请我吃饭。我说没有半夜吃饭的习惯,他不干,说吃点夜宵。这哪里是夜宵,螃蟹、大虾、石斑鱼都摆在桌上,还有从没喝过的洋酒,名字没记住。这中间他没说几句话,只是微笑,当折腾到翌日三点才回酒店,走时甩出句话:"明早九点小付陪你吃早点!"

第二天,小付九点打来电话说在一楼等,并告诉我老板在企业等你。我一路想,从老总的态度看广告有希望,可一见面,林从抽屉摸出一信封,非要我收下,并说,这是花圈的钱。我急了,信封里是厚厚的一叠,我说,才花500元,没这么多啊。他说,收下吧。

他又叫小付和我商量广告的事,我第一次做,也不知深浅,要了2万元,人家二话没说,签合同并付了两万现金。

后来,他又陪我去找其他企业老总,一连走了四家企业,他们说福建话我也听不懂,但这些老板的态度和签下的合同说明了一切。

回京后我一琢磨这个过程,心想,广告原来可以这么做,于是便一发不可收拾了。

河北有个邱县,是出棉花的地方,也是中国农村的贫困县之一。有一次在广东大朗,遇见邱县招商局的老宋。那天,在酒店吃早饭,见有一人靠着窗边一边吃早餐,一边端着酒杯。我很好奇,有早晨喝酒习惯的人不多,便上前搭讪,一问才知道他招商无路,我们交换了名片。

开始我认为棉花与我们广告不相干,但又一想也许有戏,便眉头一皱计上心来,问老宋招商主要招的对象是谁。他说想招搞纺织的,棉花的下道是纺织厂嘛。我说我是搞什么的,他这才仔细看了名片。我接着说,邱县有棉花,我不知道呀,只知道新疆有棉花。他一听急了,一仰脖,杯见底,说,我们邱县的棉花含糖低,是国家命名的优质棉花基地。

我见机会来了,对他分析了招商无果的原因,集中到没把邱县的优质棉宣传出去是主要因素。而宣传呢,最好的途径是在广东高速公路上立一大广告牌。

他说，一年广告费 100 多万呢，不行。

我循序渐进地说，也有少花钱办成事的渠道。

他眼睛瞪大了，问是何仙丹妙药，我便胸有成竹把策划全盘倒出。

我们为邱县做一专刊，收他 12 万元，而且刊没出款就到了。

据说，这是第一例棉花在纺织刊物上做的广告。

后来，我又策划邱县的县委书记带队赴广东考察，并与大朗镇签订了战略合作伙伴的意向，每年大朗博览会，邱县都派人参会。

我住的荣誉酒店富丽豪华，每次进门就会见到大幅标语"热烈祝贺 ××× 获全国烹饪大赛蝉联三连冠"，这勾起我的广告欲望，我找到酒店的董事长。异想天开的忽悠开始了，我问他，你希望荣誉酒店永远成为老板来石狮的首选酒店吗？回答是肯定的。

那么，石狮的主要经济支柱是什么产业呢，在你们酒店我统计过，80% 以上都是与纺织服装关联着的老板们。

我话锋一转，问他知道海峡两岸博览会吗，他说知道，那么，在服装老板和代理商云集的时刻，是否叫老板知道荣誉酒店呢。

后来，我把专刊宣传全盘托出，他定了一个封底。

我开始关注绍兴是在 1998 年，我陪老板付万才到全国各地访问用户，人家拉我们到柯桥，第一印象是布的海洋，没见过这么多人头攒动的人群，在两边是田埂的狭小路边，生意之兴隆让人叹为观止。想到此，勾起我到柯桥忽悠的兴趣。有人怕我失手，劝我说，绍兴人最奸了，怕不行。

我是天生不喜欢傻子的人，便踏上柯桥，领略绍兴人的风采。

我想起一个故事，两个人去岛上推销鞋，其中一个人回来报告，岛里的人都光脚，没有穿鞋的习惯，无商机；另一个人则认为商机来了，需求鞋的量很大。

绍兴老板很实际，推销广告没人睬你。我在郁闷中无意识地在路上走，走过一个桥时，被一个工地的场面打动了，工地的牌子打着"大干苦干建设一流的中国轻纺城联合市场"，我敲开主管轻纺城市场公司老总的门，这位曾是团委书记的主任是文人出身，他一直微笑着听我忽悠，很有耐心，中午还在他的食堂吃了顿自助餐，但广告的事他没表态。他给我指出一个出路，叫我找王新生。王新生快人快语，是温州东清人，温州人被称为中国犹太人。王新生听我忽悠后立即表示可以考虑，让我拿出方案。

方案很快批下来，但实施前他有个要求，原来建联合市场县里有些领导有微词，遇上了阻力，他要我采访县领导以便重视联合市场。

联合市场也是创新，是由几个老板当股东，共同建设的，县里对此说法不一。这下把我难住了，绍兴县门难进，我独自去过，言明是记者，人家要记者证，我没有，被门卫打发了。打电话给宣传部说没这个计划，要请示。

我回到北京，重新制订文字，先是说绍兴县是亚洲第一布行，祝贺他们在中国百强县排名第八，后又说业内媒体联合采访。我联手《中国纺织报》《中国服饰报》《服装时报》几个记者，发传真给绍兴县委宣传部，并把我作为联络人，电话写好，并注明宣传费用免收。

很快得到回复，说由主管工业的副县长接受采访，后来又变为县长接受采访。我问冯是几把手。他说，一把手县长。

文章发表，我找到王新生，王新生每个标点都不放过的看了三遍，吐出一句话："叫财务汇钱给你。"

广告有着落，乐得我差点儿晕过去，合同是 30 万元，抱个大金娃娃。

为回报中国轻纺城联合市场，还求咱领导为他们题写公司名。

正值八月，酷暑难耐，正当领导准备笔砚时才发现宣纸没了，我快步疾跑到王府井购来一捆最好的宣纸。当时王新生急得冒汗，见我浑身上下水洗似的闯进来，才放下心来。领导挥笔泼墨后，我又追加一广告，就是领导的题词。王新生逢人便宣传，老谢真够朋友。他还专门设宴请柯桥七个商会的会长陪我吃饭，并逐一介绍，生意又添了许多真金和白银。后来，绍兴县政府许多事都要与我沟通，广告额度也随时间的增长而增长，今年又比去年翻了一番。

2007年12月18日，会长在"市场改变中国"的大会上，在人民大会堂用足足五分钟讲我们的杂志，他神采奕奕地向与会500多名代表说，纺织服装周刊不同于其他媒体，是主流媒体。听罢，我的眼睛湿润了，也攥紧了拳头。

我是个把事业当生命的人，无论在哪里都应该像个干活儿的样。我爷曾说，好好干也是干一天，混日子也是一天，为什么混日子呢？

有人说，我是协会唯一一个365天都工作的人，这话有水分。

有些事，不同观点的人，会有N个解决方案，什么是你的最佳方案是没有定律的，全凭自己的实践。

真相其实你不知道

"宁肯在京一张床，不要在外一间房"，这几乎是"北漂"一族的口头禅。

说起房子，还得从我爷爷聊起，他年轻时家丁兴旺，房屋成排。爷爷算了一卦，那瞎子算卦先生很肯定地预测爷爷到老了无栖身之所。当时爷爷望着一幢幢房子不以为然，心想这不是天方夜谭嘛！可是到了1948年，随着土地改革的到来，爷爷的房子成了他的罪证，耄耋之年的爷爷真到了无栖身之所的境地，他挤在仅有3平方米的偏厦里，度过了他88年的岁月，离开人世。在他重病期间，那句刻骨铭心的话留在我脑海里。他抓着我的手，呻吟着，有气无力地说："孙子啊，咱有钱的话要置房置地呀。"爷爷的话许许多多，唯有这句话我记得最牢。

到京的2002年，以前企业在北京有办事处，我曾和领导打过招呼，在办事处的4间房中留1间我住。那办事处主任平日都叫我大哥。有

一次我陪董事长到京办事，他还求我到老板那里替他说情，因为老板叫他开个公司，他怕赔钱不敢干。我真的替他说话了，老板也打消了这个念头。

现在身份变了，我成了打工者，栖身人家门下，我万分小心，开始就不间断地送点儿礼品，为的是长久居住。可后来先是在我那间房添个学生同居，再后来有几次回到办事处，我的床也居然被安排人住了。有次遇到这种情况后，我以理相争，也觉得没什么意义，搞个面红耳赤的，随即便无脸到办事处借宿了。

无奈之下，回到家取出全部积蓄20万元，我爱人见我跨出门槛，说了句："家里的钱都叫你拿去了。"到北京毫不犹豫买个小房子，仅有60平方米，4000元/平方米，地址在五环内的四惠东，这是2003年秋天的事。到了2006年，我爱人说不离婚吧，就放弃了吉林的诊所来北京投奔。显然，房子太挤了，又在北京六环买了个大一点的。再到 2013 年，外孙子要上学，又看好了西三环的翠微小学，女儿看房一个多月，一直犯愁没钱购买。见她愁眉不展，我告诉她，解决问题的办法有二，一是换爹，二是把原来的房卖掉换房，她思忖半天，恍然大悟："换房吧，换爹有一定难度。"

这时还发生一件事，2006 年时听说燕郊要划归北京市，在燕郊可以带户口落户，那时燕郊的房子 2000 元 / 平方米，于是购得一 80 多平方米房产，但归北京的事到现在仍在遥遥无期中。左购右买的如今有 4 套属于自己的房子了，还有 1 套是四弟的，四弟已定居加拿大，要卖房时北京已限购，考虑到谢家财产，我要了这套房子。

一个打工者在京混十几年，有这么多房子很是稀奇，其实有一个秘密，我女婿是一外企白领，挣钱多少，你懂得。我一点儿也没有投资的想法，只是刚性需求，撞上运气了。

有次在酒桌上议论起房子，在座的有那原北京办事处主任，我斟满了酒站起来说："你是我家恩人"。他莫名其妙，我便给他讲述当初买房的故事，他眨巴眨巴眼睛惊讶地问："是真的吗?"

懂你的是谁

我老婆退休在家有五个春秋。她过去在单位也算是佼佼者，学历念到专科医师，可是退休在家却发生了几桩让人啼笑皆非的事件。

那是一个普普通通的夏天，芳草正浓，但她却夜不能寐，常需服安眠药才能入睡。老年人嘛，往往是躺着睡不着，坐着打呼噜。她呢，一直是电视催眠，电视机播放着她昏昏然。可巧，那几天电视罢工不工作，新的电视机又没到位，失眠的滋味不断来袭，搞得她五迷三道的。

这当儿，小区有几个大妈聚在一起听年轻姑娘讲座，原来是推销"失眠枕"的。与往日推销不同的是有一款叫"体验枕"，可以免费赠送。怀着试一试的心情，她也去凑个热闹，登记领取。她一看乐了，小区里和她同样的病人不少，登记的有10多人了。人家姑娘那是相当负责，除赠送"体验枕"，还有活动，活动是登记的，中午免费领一份餐盒。这便宜事儿，对于整天闲待在家的大妈无疑是天上掉馅儿饼，砸到自己脚面上。妻欣然前往，人家的确兑现承诺。那天，一辆大巴开到小区门口，姑娘挥手，大妈前往。从香山脚下爬到山上又返回，足足用了4个多小时。中午饭后回到家，只觉身体疲惫，腰疼腿软倒头躺在"体验枕"上便进入梦乡。

　　隔日，妻伸伸懒腰，对我说："怪了，没吃药，睡得香，这枕头神了。"

　　第三天，那姑娘又出现在小区大妈面前，是为了调研体验枕是否有效果。大妈中10人证明有显著效果，其中三人说有奇效。那姑娘拿出来早已准备好的"正品失眠枕"，优惠价398元/个。妻身手不凡一把抢过，付款400元，告知："不用找了。"在她的引领下，姑娘备的5个枕头全部售光。

　　若干天后，妻对我犯了嘀咕，同样的枕头，咋又睡不着觉了呢。

　　有一天出差，我在北京—济南的火车上，突然接到家里的电话。电话是妻打来的。动车的信号不是太好，但也听得明白，妻令汇她卡上5万块钱。平日里，我不太管内政，问她有什么用，她支支吾吾不说，告说："家里出大事了，必须马上办，过两小时就晚了。"追问到底出什么大事了？所答非所问，"你别问了，快点儿汇钱来。"急得像热锅上的蚂蚁。我告诉妻："我在动车上，没地方汇款呀。"还好，高铁也有信号，我把电话打给女儿叫她赶回家看看，到底出了什么事。女儿到家便水落石出。原来妻接到电话，电话里自称公安局的人，说你家的银行卡账户被偷，为保护你的个人财产，必须保密，还要立马把钱转到安全账户。妻慌了说："我不知道密码。"那边说两个小时内先交保护费 5 万元，否则不保证你家的钱不流失，还说，这是一种同伙犯罪。妻先是把家里的现存资金，她父亲的丧葬费 3 万多汇了过去。对方说还不够，这才打电话给我。

女儿陪妻去派出所报案，那民警乐了。这是同日小区的第二桩被骗案，第一桩被骗 30 多万元，也是老太太。

在逆境中翻盘

我有两次考驾照的经历。一次在老家吉林市，那一次胡乱地比划两下就领到证了，结果到北京后忘了年检，驾照取消了，我也没找门子。每当见到卖车广告的天文价格就心灰意冷，思忖这辈子怕是不会有车开了，天方夜谭的梦该醒一醒了。

可事情发展偏偏有偶然性。正当我对驾照的事漠不关切时，女儿买了辆车，这又勾起我的驾照欲。在精打细算 55 周岁时我报了驾校。到了驾校才知道我的那期 300 人，50 岁以上 3 人，我成百里挑一的人物。理论考试在一个屏幕上，我乱摁一气。别人问我，"过了吗？"我答："差一点儿。"他安慰说："没事儿，年轻人也有考两次的呢，你多少分呀？"我立马回答："92 分！"他反应很快说："这不过了吗？"我答："差一点儿没过。"他乐了，咧着嘴："哈哈，你这人大喘气。"

到了实际操作就没我好日子过了。那师傅见 12 个学员有个年龄大的，满脸不高兴，原来他们按学员通过率拿奖金呢。

几个轮回下来，我自认为脑瓜还灵的想法像泡沫一样被粉碎。人家倒车三次通过杆，我五次还云里雾里。

师傅恼火道："这样不听话，别学了。"

我反唇相讥："我钱都交了，不学能行吗？"

后来，一群学员在外面大树下闲聊，我也没屁事，就给几个女学员（小姑娘）看手相，看了手相的都异口同声说我是大师级。

其中一个30岁左右的人伸出手问："你看我能结几次婚？"

听话音我见她花枝招展的狐狸精样就不是省油的灯，坐下还跷二郎腿乱荡秋千呢。

我没好气地说："你婚姻有问题。"

她跳起来尖叫道："老大，神仙呀！我刚离了二婚。快看看，什么时候再婚？"

说实在话，她有几分姿色，听口音外地人，这种人不会闲着。

我答："半年内。"

她高高兴兴地走了，是向师傅炫耀我的神功去了。

师傅笑眯眯地一改往日的严肃伸出右手请我看相，我告诉他男左女右，他把手在裤子上蹭了蹭又伸了过来，我煞有介事地认真状看了又看，没吱声。

师傅急了："老大，说吧，没事儿。"

我有一次见师傅教我开车时曾接一短信，那短信上写道：快回家吧，我和孩子等着你。从师傅的脸上和他多日不洗汗臭味的衬衫我已知一二。我便故意拖了拖时间，见师傅很着急的样子，说道：

"我实话实说了。"

"说，说呀。"师傅催促。

"你家庭有点儿问题，责任在你。"

一语道破天机，师傅虽没有跳起来，满脸信任地道出他的故事：去年有个女学员在教学中和师傅碰撞出爱情火花，两个人在外开房半年，那女的开始什么都不要，后来什么都想要。这事被师母知晓，把师傅一顿神批，要与这"陈世美"离婚。而后来师傅又觉得那女学员过分，进退维谷中……我支一招，令师傅周四回家什么都不要讲，回去便成功。周五师傅上班时，头发剃得整整齐齐，衬衫洗得干干净净，满面春风。

从此，我成了班上的香饽饽，别的学员开一圈，我开三圈师傅还不让下车，我都不好意思了。

路考那天，刚一结束，师傅的电话打来："老大，怎么样？""全部通过，满分。"这是考官告诉师傅的。

🚢 斗智斗勇的经历

到杂志社工作的第二年春天，领导令我打扫房间。墙角堆放着一些外文书，我看不懂问同事，说是英文版"中国纺织企业大全"。正说着，那个常流窜到办公室收垃圾的老匡很麻利地将这些书装进尼龙丝袋子，又吃力地搬了出来。问其原因，他已当废品每袋子 20 元收购。

我觉得可惜，便说："老匡，给你每袋 30 元卖给我吧！"

共两捆，老匡伸出手露出食指说，给你一袋吧。于是我花了 30 元购一袋"废品"。

井波在一旁说："咱们的书不卖就是了。"

我认真地说："不一样，不一样。"

井波眨巴眨巴眼睛，不知我闷葫芦里装的什么药。

那年展览会很热闹，每年一届，叫"中国国际服装面料展"，在位于东三环的展览馆。来自外国的"老外"人数不少，抬头就可见蓝眼睛、黄头发。

我请三名大学生，每天发 200 元工资，任务是专门卖给"老外"《中国纺织企业大全》。每本 200 元。一天下来，除去工资净赚 500 元左右。三天后收入 2 万元，还剩 10 本书不卖了。过了几天，上海也是纺织国际展，我叫赵志鹏（我同事）带上剩下的 10 本书出发。小赵把 10 本书堆放在展位上，我告诉他只留一本，其他的藏起来，他照办。

一会儿来了三个"老外"，见到书眼睛亮了，爱不释手地翻，我把书抢过来又放在原处。那"老外"也就 30 多岁，和我说了一大串外语，我聋子样不知所以。

我上厕所回来，小赵告诉我"老外"要买书，报价 200 元。我问他长什么样？多大年龄？他描绘的正是我见过的。我告诉他我来吧，你只看不说。不久，那"老外"又折返回来，拿着书不放问价格，我在纸上写 $200。他惊讶状，半天没说话，我理也没理他，和小赵讲个玩笑。

我过去在吉林化纤厂时进口一批外国设备，"老外"车间安装时不断地贿赂我方工人。

一个主任便骂："他妈的，太不像话。"

"老外"问："他妈的是什么意思？"

那主任不敢说是骂人话，便应付说："中国话意思是你好。"

一会儿厂长背着双手过来视察，"老外"为了表现友好，把刚刚学的问候语生硬地表达出来。厂长愣了，当他问清楚情况后，把车间主任一顿神批。

小赵捧腹大笑，那买书的"老外"莫名其妙，扔下钱捧着书逃走了。

小赵攥着 200 美元，笑得岔了气，闪了腰了。

剪不断理还乱

"山不转水转，水不转人转"，认识 20 多年的朋友徐国营，在卸下中国纺织报社副社长后的 2015 年最后一个月，又浮出水面，在我面前摇身一变，又一次当我的领导——中国纺织工业管理协会副会长。

说起徐国营，我脑海中便会浮现出过去交往的那些故事。

改革开放的20世纪90年代初，我作为《中国纺织报》驻吉林记者站记者参加海口工作会议。我怀揣着好奇，也期盼对大自然的热爱，从冰封三尺的北疆吉林来到海口，这一路不停地脱衣服，从大棉袄到小背心。我们入住在一个叫兴隆农场的地方，在一天的劳累下，我和同伴在房间入睡，正在梦乡，被敲门声叫醒，我穿着拖鞋开门。门外是两位妙龄美女，一位瓜子脸大眼睛的开腔，地道的东北口音："你们要服务吗？"

天呐，这不是传说中的"小姐"吗，过去只听说"不到北京不知道官大小，不到广东不知道兜里钱少，不到海南不知道身板有多好"，这幸福也来得太快了。

这时张春泉也起来了，这小子一看便明白。他向人家问价格，我脑子一转，怕他再闹出什么笑话，便随手把门关上，厉声对张春泉说，千万不要胡来，这可是掉脑袋的事儿。张无言以对，于是我们重新躺下。

此时，又是轻轻的敲门声，这次是张春泉开的门，只是两个人换成一个美女，还是问要不要服务。张春泉向门外走一小步东张西望小声说："我们不要，402室的要。"402室住的是徐国营，时任中国纺织报社办公室主任。小姐敲门，我和张春泉挤在门缝偷听。过一会儿402室传来徐国营坚定的拒绝声："不要，不要。"那"小姐"仍不甘心，不断地传来敲门的声音，而且渐渐地加大分贝。只听徐气愤地拽开门吼着："不要，不要。"小姐司空见惯，不急不恼，对徐说："401的人说你需要。"听罢，国营顿时明白小姐敲门的原因，双手叉腰立在走廊中间，咆哮着："小谢，你给我出来。"

我和春泉见状，知道惹祸了，又怕引火烧身，轻轻锁上门，任凭国营怎么骂也不敢吱声。

第二天，我们矢口否认，打死也不说，异口同声："是小姐骗国营，编的。"

2005 年秋天，广东大朗召开毛纺国际展览会，我和国营在广东省广州市邂逅，我们都是被邀请参会的，会上还请了比他官大的领导。午饭是在一个叫"豪华宾馆"的地方举办，主办方的负责人叫林熙仿，镇党委副书记，据说这人曾是副省领导秘书，有机关工作的经历。我和几个记者在 102 房落座，国营是后来的，他背一个很高档的照相机，一脸兴奋，我琢磨是拍到理想镜头了。他职业习惯是干什么都认真，尤其擅长照相，达到炉火纯青的大师级水平，还是中国摄影家协会会员呢。我和他认识就是因为我任吉林化纤集团董事长秘书时，对中共中央组织部表彰的党员领导干部的楷模付万才的宣传，我和时任《中国纺织报》社长栾忠信写稿子，他配发图片，收获一片盛赞。

见国营到来，我起身让座给他，我便去外边"侦察"，邻屋有几个模样姿势像领导的人正在吹牛，还有位置，见我探头探脑，示意叫我落座，我便告辞说找卫生间，逃出来后，服务员跑来告诉我，房间里备有卫生间，我支支吾吾，又折返 102 房间，102 已没有地方了，我灵机一动对国营说："社长，社长，领导在哦，吃饭就差你了。"他怀疑的眼光斜着我，半信半疑地抬起屁股，我陪他到 101 房间，对在座人介绍说，"这位是我们徐社长。"人家都投以友好的目光，并邀他就位。我长吐一口气，心想："我总算有地方了。"一出门，林熙仿副书记陪中国纺织协会一副会长急匆匆地走过来了，正好照面，我奴才相地和副会长打招呼。见他径直奔 101 房，我心里没底，便鬼使神差地尾随。果然，101 房只剩两个席位，林熙仿坐下后才发现副会长没地方坐了，他正站在徐国营后面，林不认识徐，开始轻声说："会长的座位让出来。"他指着国营说的话。国营没听明白，大家面面相觑，目光聚集徐国营，国营仍没察觉，纹丝不动。那林副书记顿时急了，厉声并手指国营，"你，起来出去。"徐国营脸立马从红变青，尴尬地站起来，走了出去。

我见此，逃之夭夭。后来国营告诉我，"我叫你小子害的，那时候如果有地缝都可以钻进去……"

2004年，中国纺织工业协会有一个千人大会，在广东省西樵镇召开，是产业集群工作会。我和时任《中国纺织报》副社长徐国营都参加了，他被邀请还是我提议的呢。国营是那种"滴水之恩必涌泉相报"的人，会议刚刚拉下帷幕，他便神秘兮兮地找我说有个朋友找，叫我跟随。那天是傍晚，驾车到了顺德市均安镇后，他的朋友我也认识，原来是副镇长，人都叫他陈镇。那陈镇人很爽快，一顿美味后又安排去洗脚丫子，一边洗脚一边闲聊。我见国营无言便侃侃而谈。当时，均安镇刚获"牛仔名镇"称号，我拍着胸脯说，可以请杜钰洲部长为其题字，还可在佛山市举行揭牌大会扩大影响。最终是句句不离本行，这一切都是要宣传先行，我可是《纺织信息周刊》副主编嘛！

那陈镇听后做鸡啄米状，点头称是。这事过去后我并未放心上，但没几天后接到陈镇三次电话，要求落实承诺，我便发愁了。第一件事是杜部长题字，杜钰洲部长是很有名气的书法家，又是时任中国纺织工业协会会长，我是求不到的，但时任《纺织信息周刊》社长夏令敏可以，我便把球踢给他。开始他不肯，后来被陈镇追急了，我也和夏社长急了，甩出了人家要做广告，题词也是合作的前提。夏对题词没多少兴趣，但对宣传是听懂了。不久，浑然有力的"牛仔名镇——均安"书法放到我案头上，寄往佛山均安。陈镇不久便给杂志社汇来12万元的广告款。

这事在秘密进行着。揭牌那天，《中国纺织报》一名记者也在。结果真应了"要想人不知，除非己莫为"那句话。徐国营得知后，把我一顿臭骂，说我在挖他祖坟呢……

⛵ 人算不如天算

其实许多事是不应该发生的。2015年10月，本来协会领导日程已安排满，但德州的纺织企业来电求急，10日德州市成立纺织同盟，要一名领导在成立大会上讲话。一名副会长本来同意，但临时又脱不开身，要求我找一名协会领导救场。

杨纪朝副会长热心又体贴，且注重同盟成立的重要性，改了两次票，决定参加德州的会议。

会议进行的还算顺利，当日坐晚上的火车返京，火车也准时，晚上8点32分到北京南站，当日晚10点50分北京飞南昌的航班，两个多小时的空档，加上堵车时间怎么算也来得及。

我俩到北京南站，领导提出坐机场大巴车，时间来得及，还省钱。我前他后，往出站口走，在南出口见到了全身绿衣服的人，打听机场大巴怎么坐，她不耐烦的往后一指说："错了，北出口。"从南到北至少10分钟行程，我前他后往北出口走，到了北出口，醒目的标语，机场巴士早8:00—晚8:00。见我们急匆匆的样子，一位手拎车钥匙的中年光头男子走来问："去机场吗？200元，走吧。"

见他的模样，像黑社会似的，想了一想，我们没有吱声。

那人追了上来，杨副会长立即回拒，指着我说，"他有车。"

听罢，那个光头悻悻退回。

我俩一上滚梯，直通20路汽车首发站。别无选择踏上汽车，上车才知道，这20路公共汽车是从北京南站始发，终点是北京站。

公交车走的不是直线，我一看表，指针指向9，离北京站还有两站，我便建议领导下车打的，得到他的首肯，我拖着拉杆箱下车，在一个叫"东交民巷"的站牌下，我们开始打车。霓虹灯下小汽车如鱼游海底，一辆接着一辆从身边驶过，天下起小雨，不久变成中雨，在雨中打的很是问题，其中有两个亮灯的的士被叫停，司机不耐烦地喊："关门，有人约了。"

杨副会长也看着表，一边安慰我说来得及，一边指指前方说，"咱们去北京医院，一定有的士送病人，那里也许有车。"于是，又一阵狂奔，我额头已渗出汗水。赶到北京医院门口，等了5分钟左右仍不见有车，已经是晚上9点15分了，我们异口同声说，"坐地铁。"北京医院距地铁崇文门站很近，我们赶到崇文门站，杨会长仍不死心，抱着一丝希望去路边找出租车，结果两个红灯过后仍无效果，也就"智取华山一条路"——坐地铁了。

到了机场，离飞机起飞仅有25分钟，机舱关闭，即使叫办登机牌的那人爷爷，也无济于事，那时已经是晚上10点32分了。

下一步改票，让人遗憾的是订的是打折票，不能改不能退，重新购票，最早的航班是第二天早7点的，等重新购了票，已经是半夜11点左右，我们商量来琢磨去，决定不去找宾馆了，在机场待一宿吧，因为回家就后半夜，又要早早起床返机场，不折腾了。

开始还行，找到两个沙发，再聊聊天，到了后半夜2点就熬不住了，眼皮打架，但睡不着，因为机场大喇叭高分贝的喊声，"各位旅客，现在播放乘机安检标准……"这广播每15分钟重播一次，在这种环境下，估计只有黑旋风李逵能适应，常人难以应付。

就这样，我们等到5点安检开始，庆幸的是我们第一个安检，进休息大厅，屈指可数的几个人，满脸倦意，看得出，熬夜的还有同伴呢，坐上飞机，昏昏然把我带入梦乡……

让你尴尬的"潜规则"

到大上海出差，曾干了一件令人大笑不止的荒唐事儿。那是2003年春天，我陪安徽华茂纺织公司李克明来上海。李是办公室主任，我们此行是为考察竹纤维的，本来办公室主任与竹纤维是不搭界的，是因为他这个办公室主任59岁了，在办公室干活儿是个清贫的活儿，过去用纸和笔方便，现如今用电脑无纸办公，纸和笔都告别办公室了，你在办公室找个纸是很难的事了。他 59 岁时，忽然发现自己亏大了，小孩上学用钱，家里要换个好的环境也用钱，这时就想起经销商的事了，听说竹纤维可以挣钱，便有了兴趣，想探个虚实。

我们约好与上海天竹公司专销竹纤维的老板余刚见面，时间是早晨 8 点，本来应该吃个早饭，可余刚这小子睡得晚起得也晚，一拖就拖到上午 9 点。见面后他也不问我们是否吃早饭，他说自己不吃早点，尴尬的我也不好多问，硬着头皮随他进了咖啡厅。

我们求人家办事，当然是主人了，用余光瞄了咖啡厅的报价单，没一样是省钱的，这里的龙井茶 60 元 / 杯，吓死个人呢。我把报价单推给余刚，说："你看喝点什么？"余刚要了杯珍珠奶茶，我们也不懂，也都傻子过年看街坊的，附和着嗳嚅地说也是，也要一杯。四个人共 4 杯，我一瞧还行，属珍珠奶茶便宜，15 元 / 杯，我出门忘了带钱包，兜儿里只有一百元，也是唯一的了，这 4 杯心算一下要 60 元，可以，能付得起。

谈着喝着，我的习惯是牛饮，一会儿一杯见底了。

走来一位奶油小生的服务员，见我杯见底了，便又倒进了一大杯左手端着走过来，说时迟，那时快，正当他欲往杯中倒时我大喝一声："干什么？"也许是东北人天生嗓门大，也是急了，吓了那小伙子一跳。顿时，他手僵在那里不知所措，反应过来自言自语说："不要就不要呗！"

余刚见状说："我要。"小伙子才从尴尬的局面解脱，给余刚满上。余刚见我的模样心知肚明，他说出一句话吓我一跳，他说，不喝白不喝，加奶茶是不要钱的。听罢，我们其余三个人都异口同声："我们也要。"

上海这地方还这么好，我也太农民了。后来余刚请我吃日本料理，一开始他便告诉我是 99 元 / 位，喜欢吃什么吃多少都行，结果那天中午吃后，到第二天早晨还觉得肚子发胀呢。回到家当医生的老婆告诉我，医学上那种暴饮暴食对身体有害，可我还是不由自主地遇到这情

况就多吃，我总觉得不吃白不吃，白吃谁不吃。到现在仍然是不扔剩饭，只要是饭就储存于冰箱中，不管吃多少顿，都不扔，而菜却剩的全部扔掉。有时静下心细想，饭才多少钱，菜比饭贵多了，为什么这样呢？原来人是最难改变自己的生活习惯的。

你在做给天看

各地的服装协会每年都要组织企业去考察，考察期间也路过些景点，爱祖国从爱祖国的大好河山开始。

2007年4月，我牵头搞一个山东考察，山东最出名的是"一山一水一圣人"，山是泰山，水是趵突泉，圣人则是孔老夫子，到山东必到这些景点，领略祖国大好河山的壮丽和中华民族悠久的历史。

泰山的岱庙，一进门便被一群导游围住，七嘴八舌的要带我们旅游。正当我们左右为难时，我发现不远处立着一个女孩与众不同，她穿一蓝格布衬衫，梳一小辫子，蓝裤子下边穿的是一双胶鞋，小眼睛，大象腿，手里拿"实习导游"的证书，我们走了几个景点还真没见过这么寒碜的导游。好奇心促使我走近了她。见我走来，她脸红了，把"实习导游"证又高一点举起。我问她："你是导游?"她点了点头。这时上来两个人，其中年龄大的女孩子说："她是实习生。"我平时最烦别人误导我的行动，立马拒绝了她说："谁也不用，就用实习生。"见我坚持，她也没话了。这实习生说："还是换人吧，我这是第一次。"见她畏惧，我来了精神，给她鼓气，"谁都有第一次，别怕，我信你"。

她的确是第一次，不会说还有些结巴，尤其是有人注视她时，她会脸红。见我鼓励的目光，她又振作起来，在换另一景点时我们唠起嗑来。她告诉我她家在山东平度县，家里穷，在读旅游学校，出来勤工俭学的，家里三个孩子，她是老大。

我也是老大，小时候家里也很穷，我不由得想起贫困的童年少年。在结束时，除了正常的导游费外我塞给她100元钱，她说什么也不要，我急了，这是给你上学的。走出岱庙，收到她一短信，那短信上除了感谢外还有决心，这是我所期望的。

走出岱庙时有几个人算命先生在招揽生意，而小老板们有人偏偏相信命，几个人便围过来让算命的胡咧咧。不一会儿，算命的竟要一人收500元，正当他们一个要钱一个不想多给时，导游已领大多数人转移到另一个地方。我见有人掉队又转了回来，为解围我拿手中的书劈头盖脸的打向算命先生，愠怒地说，"咱们是同行，哪有这么宰人的? 不给，不许给。"算命先生自知要多了，便问我，"你说给多少?"我从上衣兜掏出一张50元甩到他脸上，"行了，照顾你了，走人。"这两件事发生在同一天。晚上，有老板找我，叫我入伙。更多的人则对

2007年4月，我牵头搞一个山东考察，山东最出名的是"一山一水一圣人"，山是泰山，水是趵突泉，圣人则是孔老夫子，到山东必到这些景点，领略祖国大好河山的壮丽和中华民族悠久的历史。

我帮助小导游的事感兴趣，说我人心眼好，是好人。我说："人在困难时要雪中送炭。"

招商技巧之我见

不是所有的人都能招商，但是所有的人都可以招商，更不是所有人都能招成商。其实所有的营销都是最难的，因为不确定因素太多，因势利导和随机应变就显得尤为重要。我想要做到四点：

要有一颗平常心

人是高级动物，喜怒哀乐常常缭绕人的一天，有时晚上的一个噩梦也会影响一天的情绪。所以营销中最怕带着情绪去干活。对待客户也是这样，他的情绪、年龄、性别都会对你的生意产生影响。对于营销者来说，任何外界条件都不要影响你的情绪。

例子：有一个老板要我采访，上飞机前他打电话说他临时有事，叫他办公室主任接我，而他的办公室主任并不认识我。下了飞机，我左顾右盼，见到许多人举着牌子，就是见不到我的名字。这波下飞机的走得差不多了，见一个人把我名字倒着贴在肚皮上，你一定觉得很丧气，但我一想过年时，东北往往把福字倒贴，叫"福"到了，也就无所谓了。

还有一次去石家庄，下飞机也没人接，打电话给老总，他说马上到，其实还没派车呢。司机到后我正在网吧，要了一碗面吃饱了。在网吧浏览新闻也是高兴的事儿，司机好一个道歉，人无完人，所以要善待人家。心里有波澜但表面上要平和，心静自然凉。

　　下了飞机，我左顾右盼，见到许多人举着牌子，就是见不到我的名字。这波下飞机的走得差不多了，见一个人把我名字倒着贴在肚皮上，你一定觉得很丧气，但我一想过年时，东北往往把福字倒贴，叫"福"到了，也就无所谓了。

要学一点儿心理学

营销过程往往是斗智斗勇的过程，对方的想法就是你攻关的焦点。

1.察言观色。常搞营销的人，三句话便知晓是不是有戏，一般想买的人，表情上与常人不同，有一种微妙的变化。

2.听言观行。财大气粗，有的人有钱能看出来，小品《卖拐》"肚子大，脖子粗，不是首长就是伙夫。"衣着打扮，往往注重品牌服饰，手表要天梭表、浪琴表……坐车，后面两个排气筒的，车轳辘宽扁的；老干部派车一看车标记，不是四个圈的不坐，四个圈是奥迪。

3.留有余地。我买件羊绒裤服务员报价45元，我喜欢砍价，结果只砍下两元钱，没有成交。

又有一次与同事去王府井附近，她看中件衣服，我当腰砍一半儿还有余地，最后成交。

在什么地方有什么地方的风格，你到云南，大理石的价格虚得很。

在新疆大巴上砍价就不行，否则用刀逼你。现如今要试一下，什么都要给人家试一下，才好当镜子，这才是正路。

要抓主要矛盾

主要矛盾是解决问题的关键，卖东西要看准谁是主题，男女年轻人，女同志是主题；两个大人和一个孩子，孩子是主题；男女青年和老人就要具体事例具体分析；如是为了孝敬老人，那老人是主题；如是父母给孩子备结婚用品，孩子成为主题。

尤其是男女青年，我在20世纪70年代末搞对象时，一件衣服要七尺布料，25元/件，我爱人站在那不挪脚，我要买，她不同意，第二天我买了给她，她乐得合不拢嘴。老板和女同事，女同事是主题，这时候价格可上浮，创造消费心理，给老板一个面子嘛。

要学习专业知识

现在讲个故事，我在北京古玩市场陪朋友闲逛，有人口口声声说祖传古画，朋友问多少钱，人家说 2000 元，朋友一听拉我就走。人家说："喜欢，还个价。"朋友说："后面少个零。"那人说："成交。"我说："明明是假的，为何还要买？"他说："明日此时此地，你看我怎么把它忽悠出去。"翌日，他手捧一个老旧红木匣子，盒上贴一纸条"假画，一万元"。

有人驻足问，假的还那么贵，打开看看，朋友不理睬。

过来一黑粗汉子，脖颈上带一小指头粗的金链子，他说："自知是假的还来卖，稀奇，打开看看。"

朋友打开《富春山居图》，假的，他说："这是元代著名山水画家黄公望所作，到了清代落在财主家后被财主殉葬，但假的也有来头，你认识唐寅吗？"大汉挤挤眼睛。"就是唐伯虎，他临摹名画无敌，这是其中一个。"最后以 5000 元成交。

这是一个发生在身边的真实故事。试想，朋友没有渊博的历史知识，没有花言巧语的口才，能打动粗黑大汉吗？有一次我去买衣服，问服务员什么布料，她说竹纤维的，又问什么是竹纤维，服务员哑口无言，如今各种纤维层出不穷。

有一种毛裤——羊绒竹纤维裤子，在北京销售很好，改性羊毛、改性腈纶等，多知道点知识有好处。在璞院市场，最早有人用黏胶短纤维作原料生产纱线，织成的毛线手感柔软体轻，它叫改性羊毛，结果大赚了一笔。

还有一故事，1994 年夏天，在北京潘家园的古物地摊上，大量的北魏陶俑出现。专家测试后，以为这批珍贵文物是刚刚从河北出土的，是北魏大墓山陪葬品，结果国家大量收购，却越收越多，层出不穷。通过公安人员的侦破，都是一个叫高水明的人仿制的。到他家时还有一大批这些陶俑放在后院呢，全傻眼了。

如今有的仿冒品连 ^{12} 碳同位素测试都一模一样呢。你说真的羊毛裤还是假的，鬼才知道！大朗是中国羊毛衫名镇，出产的毛衫没有一件是羊毛的。真正的是有消费者认可，清河不久后也会出现改性的羊毛衫或纽带尔毛裤这些新名词。

（本文为在全国纺织产业转移工作会上的发言，2010 年，彭州）

095

适者才能生存

叫大哥的不是我亲哥，只是曾经在一个单位工作过的，比我年龄大一点，而且很亲热的那一位。

叫大哥是有前因的。20 世纪 80 年代我刚刚娶妻便被调到一个化纤厂，那时家住平房，每每为东北的冬天而畏惧，烧煤取暖的任务重。正当一筹莫展的时候，大哥伸出手，他找人在工厂批了 200 公斤木炭来，炭是用来吸附用的，是化纤厂的必备，而筛选下来的炭末又是取暖的上好材料。当满载一大推车的"炭米"拉回家时，左邻右舍投来羡慕的目光，连同单位的人都另眼相看。大哥是活雷锋，当听我说要装土暖气，缺一根 3 米长的 4# 管时，愣是把通往单位的水管破坏掉，拽到我家。这事我有贼心没贼胆，大哥敢干，也许因为他根基硬吧！

时光荏苒，大哥官运亨通，先是提拔为中层，后又调到上级单位任职，再后来又听说下到一家企业任副总。

等再次握手时，他已预退，拿着公务员的薪水在家玩儿，整天跟些老头儿下棋，到松花江中奋力拼搏玩冬泳的干活儿。

我这人念旧情，常常想起流逝的岁月还欠别人的人情什么的。大哥的人情没还总觉得心事重重，压在心头不能释放的滋味难受。我到北京漂流的日子，接触了许多老板，老板在闲谈中求贤若渴的话题勾起我对大哥的启用欲。于是，大哥摇身一变成为河北一家机械厂的总经理助理，吃住全免费提供，月薪2000元。大哥像憋足气的皮球往返大江南北，工作风风火火，提出了许多切实可行的方略，想发挥余热大干一场呢。开局还算不错，据老板讲，大哥还是见过场面之人，人也能吃苦耐劳。可是过了两年老板突然来电话说，准备与大哥解约了，说了一大筐大哥的不是。大哥也诉说老板以及家族的问题。我呢，只是觉得大哥在外混的时间短，他犯了大忌，就是"老板永远是老板，老板永远是对的"这句话，没有摆正位置是他失败的主要原因。

后来大哥又辗转了几家公司，干过N个岗位，也大多是三个月一换岗，五个月打一枪的。去年春节接到大哥的电话，告诉我已有半年没工作干，两个孩子大女儿离婚，小儿子没什么正当工作，嫂子接电话把大哥一顿臭骂，中心思想无非是经济压力大，胡说大哥在外有"人"。我了解大哥，这不可能，男人有钱才学坏，经济命脉一直在嫂子手中掐着呢。

大哥长得比武大郎还不如，女人大多是看男人兜中的钱和小白脸的长相，大哥一样也不占优势，鬼才相信他与别的女人有染。考虑再三，我硬着头皮和一位老板打招呼，把大哥推荐给他，说转正前发1000元/月即可。这是因为大哥已经60周岁了，年龄大了一点。我陪大哥到了公司，老板很重视，特意安排吃个饭。在饭桌上，一直熟悉的大哥让我作小弟的有点儿尴尬。本来大哥作为总经理助理应张罗一下，诸如上菜呀，喝什么酒呀，我用眼睛的余光瞄他，他仍我行我素，上来一道菜转到自己眼前，风扫残云牛饮狼吞的样子，别人敬酒他从不回敬，而且来者不拒，脸喝得像猪肝，最可气的是乱插话，掰道岔，搞得大家没情绪。

大哥在公司干到一个月时，老板找他谈话，大意是目前公司不缺人，等一个月后，工程上到一定水平再通知他来，他可先回家歇一阵子。

我陪大哥回吉林老家，在火车上我试探问大哥有何打算，他认真地说，回吉林后找个伴，一个月后再杀回来，他自己孤单，找一个会下象棋的。我听后脑袋一片茫然，听不懂话的大哥，你叫小弟咋办呢。

在回家的朋友聚会中，我对大哥说，人啊，到什么年龄就要干这一年龄段的活儿，到了60岁就应该享天伦之乐，保身体哄孙子了。

大哥反驳说，我就要创造一个奇迹，让人看看我60岁又闯出一片新天地。

听得我晕乎乎的。

随机应变天地宽

和领导出差，他办登机手续时突然发现身份证没有带，好在还有一个小时登机，又是找派出所的电话，又是找人去办，折腾半小时，派出所的身份证明传真过来，又到机场派出所去登记，总算没有误机。

几个随员异口同声地问一个主题，想一想身份证丢在什么地方？

领导沉默了一会儿说，可能昨天到银行取钱没有拿回来吧。大家便分析利弊，利的一方说，银行一定会收起来不会有闪失。弊的一方说也不一定，如被另一取钱人捡到麻烦就大了。麻烦有许多呢，诸如拿身份证去全球通登记手机号，花了大把费用找证件本人……还有去取钱，去担保……反正这次出差只有两天，大家都告诫领导回来第一任务是找身份证。

回来时在机场又遇到麻烦了，首都机场开的临时身份证只有一天有效期，杭州机场不认。

还要申请，还要驻地派出所的证明，好在驻地派出所的证明没过期。

待又办了一个临时身份证，离登机时间刚好只差一分钟，几个随员都在焦急的等待中长叹一口气。这事对我们来说也许淡忘了，回家后各忙各的事。一日下午我正出协会大门，一辆黑色轿车在身旁停了下来，摇开窗户的是领导，他说："小谢，身份证找到了。"我一愣神，他又说，"是在银行。"这才反应过神来说："好，好啊。"我也曾有过与身份证有关的登机经历。那是与井波去绍兴出差，在一个叫"鱼得水"的宾馆入住，服务员上下打量着我们说必须两个人的身份证，他拿着身份证并不验身而是去复印。这时我肚子开始叫唤，也许是水土不服，也许是吃了那没洗过的苹果。待我舒舒服服从卫生间走出来时，井波已办好一切入住手续。接下来便顺理成章了。办事，吃饭，翌日又按原计划去机场返京。井波送我上出租车，出租车到机场时，离飞机起飞还有45分钟。待我办机场手续时才发现身份证不见了，我翻遍了每一个角落，从上衣兜到裤兜，公文包也认认真真折腾了两遍，才打电话给井波，"井波，我身份证可能忘在宾馆了，你去看看。""你身份证在我这儿，我给你保管着呢。"对他这种很少乘机出差的人，还有什么办法呢？我看了一下办登机手续的柜台，发现一个可乘之机，原来四号柜台的小姑娘的胸卡与众不同，写的是"实习生"。于是我把机票和国航的银卡会员卡一同递了过去，心想，能闯过去就闯，不行就装傻。"实习生"小姑娘看也没看，就把登机牌给我了，下一步我晓得无论如何也过不了"安检"的，我拨通了井波电话，叫他火速把身份证送达。

井波听话，他往机场赶，我算了一下，绍兴到萧山机场最少也要三十分钟，而这时距飞机正常起飞仅有10分钟了，机场候机大厅的广播重复着："谢立仁旅客，请马上登机"。

为镇定自己的情绪，我向旁边的超市走去，超市的小女孩热情地用英语和我打招呼。原来她把我当老外了，我这小眼睛大鼻子委实鱼目混珠。我呢，将计就计也装傻一脸不明白的样子。

小女孩也许认为自己英语"二把刀"，又拉来一位，开始说日语，我仍表情淡漠。后来这位开始使用肢体语言，我见此忍不住笑了，慌忙撤离。

待井波十万火急的把身份证递到我手，飞机只等我一个人了。比正常起飞晚点二十分钟我登上飞机。机上所有的眼神仿佛都在骂我，我羞愧地低下头找个空位子坐下装傻。

投其所好，下一"毒药"

绍兴有一老板曾建议我呼吁"40岁到50岁的男人忌酒"，他有切身的体会：这一年龄段成功男人每天泡在酒缸里，喝得少不够意思，喝得高又伤身体，喝得越多死得越快，因酒精中毒而躺倒在长征路上的男人举不胜举。

我老板才40出头儿，今日接到体检中心的报告，明确指出重度脂肪肝，这说穿了真不是他本意，外边人来都要喝个透，不喝茅台感情上不来嘛。客户来访不敢怠慢必须喝，他走马上任才四年就喝出个将军肚，喝出个脂肪肝，昔日酒场英雄今朝惜命狗熊，号称"喝死是英雄，不喝是狗熊"，他也心甘情愿当狗熊。见此，协会老刘先发难给我，小谢，有一种药叫"美中肝康"，我吃了一疗程，中度脂肪肝症状消失了，你为什么不给老板买一个疗程？

这药我的确听说过，但就目前市场上诸如此类的药多了去了，鬼知道是不是骗人，前几天电视还报道台湾一位老兄，发明排毒食品，搞得好多人趋之若鹜，最后还是上当受骗，被当局查封。

但老板听后眼神一亮，说明他委实有兴趣了。我当过老板秘书，深知老板有兴趣的事，必办而且必抓紧时间办才是，十万火急的"鸡毛信"。

于是，翌日我打个"飞的"，从京城直飞青岛，因为这药是青岛生产的，据说青岛一位老总也是因为常陪人家吃喝，陪出脂肪肝的毛病，在北京遇到一位从美国研究医药回国的博士姜教授，这姜教授是专攻脂肪肝的，这种药正寻求合作伙伴。无巧不成书的是姜教授也是山东人，多年的留洋生活使这位学业有成的专家思家心切。一个是求贤若渴的著名企业家，一位是事业有成的著名学者，碰撞出的火花结果是一拍即合，两个人相见恨晚。姜教授试制成功的药就叫美中肝康，先是在开会时，见一位领导想喝又不敢喝的样子，追问根源才知是中度酒精肝也叫脂肪肝，他推荐了此药。

刘司长也是经青岛那位老总介绍试服用此药的第一批患者。结果，刘司长验明后显灵。她是个有心人，在服之前特意到医院做了一个诊断，服用两个月后，又去医院查，结果轻度的脂肪肝不见了，于是才有前面的一幕。而那位领导同样也有好转，从中度变为轻度，正在巩固治疗。我是从青岛直飞，第一时间将药送达。又过了两个月，我发现老板的办公吧台上有一药盒，正是"美中肝康"。

2015年4月，我陪广东中山的20位老板赴山东考察，有人使用了"美中肝康"，后来又有老板陆陆续续的求购此药，送健康也是如今时髦的话题，就如电视上的"今年过年不收礼，收礼只收脑黄金"一样，"今年过年不送礼，送礼就送美中肝康"，不行不太押韵，还得找一个合适的词。最近我也正式成为"美中肝康"的使用者，因为我也有脂肪肝，听说又有许多人偷偷摸摸的加盟呢。

是真医药还是毒药，我暂时还不知道呢。

惠通桥畔的枪声

到保山出差，从腾冲下飞机，司机小董告诉我，路经怒江坝有一座桥叫惠通桥，有武警检查千万不要吱声。果然，过了桥，两名荷枪实弹的武警示意停车，他们先看车内，又检查后备箱，问小董去干什么，小董用当地语言告诉他们是政府车队的，接北京客人，放行后小董告诉我，他们奉命查毒品。因与缅甸交界，170公里的边境线走私毒品的事时有发生。

小董很健谈，他给我讲惠通桥在抗日战争的故事。

1942年，太平洋战争爆发，日本人进军缅甸，目的是从缅甸后面包抄中国，阻断中国与外界的联络，这便是史迪威公路。史迪威公路，是以美国将军史迪威名字命名的抗日战争生存运输线，这是美国人为中国传送给养的生命之路。为保卫这条生命路，中国人组成10万远征军赴缅甸抗战，解救英国军队，而距保山70公里横跨怒江的惠通桥是个咽喉要塞。那时知道日本军侵略，国军已事先在桥下埋藏了炸药，而同时在桥上有从缅甸撤下来的战士，也有避难的民众，还有混入的日本特工。有一个发国难财的商人不听哨兵的指挥，堵住交通，趾高气扬。当时战争很紧张，守桥营长下令当场枪毙。这一枪响，日本人误以为暴露目标，开始冲锋，准备强夺，就在千钧一发之际，国军一营长按下起爆器，一声巨响，桥体坠入怒江。日本人的坦克装甲车一入怒江，便被湍急的江水冲毁。正是这个惠通桥阻止了日本企图占领昆明、进攻重庆的计划。

我求小董停车，站在已修复的怒江坝大桥，近距离观赏怒江，怒江水流湍急，浪花翻滚。思绪回到了70年前，外国人占领中国土地，烧杀掠夺的原因何在？中国强大，才是历史不重演的保障。强大才会换来长治久安，才会生活安康，所谓的"弱国无外交"便是实在话。

假冒一次"珠宝专家"

2016年年初和福建金纶高纤公司的老板郑宝佑去云南腾冲，腾冲是珠宝王国，而他此行的目的是为郑太购得心仪的礼物。

对于珠宝我一窍不通。一是没有经济实力；二则认为，一块石头不值那么多银子。

那天我们经朋友介绍来到一家很大的珠宝店，富丽堂皇的装饰，偌大的空间，目不暇接、琳琅满目的珠宝，让人置身珠宝的海洋。

郑老板做了一辈子的生意，他开始漫不经心地乜斜眼睛，不露声色，让人猜不透他的心思，也看不出什么欲望。那店家热情过度，小娘子模样30多岁，一边介绍一边倒茶，拿出诸多珠宝供郑老板过目。郑总说："你的好东西没有见到呀。"不一会儿，一个50多岁模样，像老板的人捧着一个精美的礼盒。打开一看，翠绿色的宝石映入眼帘。我注意观察到，这时郑总眼睛一亮，捧在手里左看右看爱不释手。人家马上报价：320万元！

郑说上卫生间，示意了我一下，我心领神会跟到了卫生间。他见没人进来，直言让我帮他砍价。

我大脑不断地旋转，眉头一皱计上心头，告诉他如何配合。

郑总从洗手间走出，立马叫上郑太等去机场。小娘子连忙阻拦，告诉他价格可以商量。郑总亮出杀手锏，指着我说："这是我请来的珠宝专家，我听他的！"

皮球踢到我这里，我煞有介事地装了起来。先是拿手电筒的亮光照着那块翠绿的玉石，叹了口气对小娘子说道："这块玉水头还可以。"随即话锋一转说："但有瑕点啊，后面凹处一定是人工有意搞的，可惜啊，不是块整料。"

她听罢说："你真是行家，告诉你，整块的不是这价格。"

我又理论起来说："目前珠宝市场也是新常态，从去年开始价格一路下滑，市场冷淡呀。"

见她听进去了又说："这么贵重的东西不流通，其实就是石头一块，一文不值。"这小娘子听了一时语塞。把我带到后屋，开始贿赂我说："给我一个卡号，我提20%价格给你，我说话算话的。"

我问她："最低价多少？"

"280万元。"她答。

"那么我不要回扣呢？"

她说："也是280万。"

从屋里出来，我拉着郑总说："她要给我回扣，我们走吧"。

其实郑总早就看出来了，只是不语。

下面一幕我是导演。郑太用闽南话和郑总嚷嚷，那语气是坚决不买。郑总犹犹豫豫往外走，坚持价格为200万元。相持十几分钟，我一挥手都上了车。

当车开了不到2分钟，那小娘子来电话，电话里说："200万成交。"

后来我问郑总，为什么非要买这块玉石？他深有感触地说："有次在香港参加一个活动，一位老板太太正是戴着和这块一样的翠绿玉石。

一出场，满堂喝彩，所有人的目光都集聚在她身上，身份一下就抬了起来。郑太和我一辈子，16岁就嫁我，生了6个儿子，她理应得到这块宝贝。"

再后来，郑总又告诉我，他回福建省后，特地到福州市的珠宝行鉴定，人家说这玉石值这个价格。

听罢，压在我心里的一块巨石落了地……

小白杨哨所，一个不得不说的故事

在新疆出差，农七师政委建议看看耳熟能详的歌曲《小白杨》的原址，我爽快地答应了，因为这是我最喜欢的歌曲。之所以喜欢是因为它把守疆战士与母子情深融于歌词，尤其是"妈妈送树苗，对我轻轻讲，带上它，亲人嘱托记心上，栽下它，就当亲人在身旁"，每当这歌声传入耳中，我就会唱着唱着眼湿湿的感觉，对于同样18岁离开家的游子有同感呢。

我知新疆地大物博，便问政委多长行程，他不假思索地说，从驻地胡杨河市到裕民县小白杨哨所3个小时，其实我受骗了，越野车驶出便没有停下。在几乎见不到车的高速公路上，大漠戈壁被甩在身后，偶尔可见低头啃草的羊群和悠闲的马儿，却看不见牧羊人，它们如散兵游勇。有一次与羊群擦边而过，那羊儿仿佛是进入无人之地，抬起头看着车驶来，却伫立在路中间。司机师傅无法改变局面，便下车去赶。车如撒落在荒无人烟的沙漠中的一叶扁舟，一直行驶6个多小时，爬向一个胳膊肘弯又一个右急转弯，映入眼帘的一块指路牌上醒目的地方有一排蓝色粗字"小白杨哨所"。

见此我有点儿小激动，车停在路边，便三步并两步拾阶而上，到了山顶，五星红旗在哨所屋顶迎风飘扬，一种神圣、责任、自豪油然而生。哨所旁边一棵粗壮挺拔的白杨矗立，那是普通的白杨，不同的是白杨树系着红绸布大红花，上面写的红漆字是"小白杨留影处"，三三两两的游客驻足停留，不断地摆姿势，大多是手机拍照，也有单反相机。

听讲解员介绍，小白杨哨所过去不叫这个名字，它只是祖国边疆的 N 个哨所之一，地处巴尔鲁克地区前沿，隶属农 7 师 161 团，近在咫尺的山峦是中苏边境分界线，那时候条件异常艰苦，常常因为兵团战士放牧与苏联边防部队发生摩擦。最严重的是 1969 年，苏联边防军扣留了一个我方兵团战士，为救助他，一个叫孙龙珍的女战士手握镰刀冲在前边，被苏联边防军开枪打死。在祖国亲人受到伤害的情况下，我们驻军一个排长率领部队英勇还击，击败入侵的苏军，击毙苏联边防部队 6 名官兵，缴获 3 匹军马。而小白杨树的起因是 1982 年，一名锡伯族小战士孙伯胜回乡探亲，临回部队时妈妈送给他十棵树苗，叫他栽在哨所旁，结果由于山顶上风大干旱，只活了一棵。经过多年风雨的洗礼，这棵树陪伴战士度过寂寞，度过严寒，成了战士戍边的一部分，也成了爱国教育基地，见证祖国儿子保边疆的历程。军旅作家梁上泉听到这个故事后，把它写成歌词，这个让人感到温暖亲切激励人心的歌曲，被著名歌唱家阎维文唱出，便响遍祖国大地，成了脍炙人口的红色歌曲，响彻大江南北。据说阎维文几次到哨所体验生活，中央电视台多次播放。

2003 年对边境地区重新划界，因为此地经常是兵团战士放牧地区，已经划归祖国，国界前移，小白杨哨所失去了它原本的职能，只能供游客参观。

离开时，我恋恋不舍，一步一回头，脑海里不停浮现那个激情燃烧的岁月，耳边响起《小白杨》的旋律。我知道，我同学李荣就是在此服过役，他的战友是祖国最可爱的人，此时此刻，对他也肃然起敬呢。想想本次经历，虽有许多劳顿之苦，但我想一想收获，也是不虚此行。

遥远的相约

　　我和阿克苏市全国劳模杜贤东相识在 21 年前。1995 年 5 月，一个草长莺飞的时候，全国总工会组织劳模事迹报告团，我作为事迹报告团的劳模吉林化纤董事长付万才代讲人参加，他是正宗的全国劳模。我清楚记得，这个来自农一师的代表职业是司机，在广袤的新疆大地，多拉快跑为兵团创造效益。他长得人高马大的，说话像是背诗，字正腔圆地道的四川普通话，很有听众缘，每一次演讲精彩瞬间就会爆发掌声，尤其是他讲顶着太阳、背着月亮、啃着面包、塞着雪块，创造 100 万公里行程无事故，为兵团上交 21.4 万元，作为中国共产党党员向祖国和人民交出一份合格答卷，他讲得抑扬顿挫，高八度分贝，忽然刹车，会场寂静，鸦雀无声几秒钟，接着雷鸣般的掌声响起来，让人感到无比震撼，无比激动，那场面相当壮观。

　　他的表现欲极强，我们行程 28 天，足迹踏遍 5 个省市自治区，每一地都是地方政府主要领导会见座谈，每一次宴请他都冲锋喝酒敬酒，还代团长中央民委副主任江家福喝酒，一扬脖子，杯见底，就没有看见他吐。他是我们 12 个人报告团队中的宝贝，在青岛市和时任市委书记俞正声座谈，本来没安排他发言，也不知道碰他那根筋，他突然站起来给大家朗读课文《周总理窗前灯光》，带着对总理的深情厚爱，声情并茂，座谈会气氛升到高潮。可能因为效果，也可能是出于对劳模代表的宽容，会见后团长还很大度地表扬他两句。

　　天下没有不散的筵席，分别时刻大家海誓山盟，恋恋不舍。他使劲儿往肚里灌酒，搂着我脖子说一定要到阿克苏农一师找他。我说一定。那天晚上我们一个房间，洗澡时他脱下裤子，我发现他腰上系着的宽腰带，他直接跳到洗澡池后，才发现坏菜了，爬上来慌忙解下。我发现新大陆，宽腰带是个钱包带，里面东西是皱巴巴的印有中国工商银行字样的存折，还有一叠 10 元面值人民币。他家全部财产都是他随身携带，可见在家霸主地位。

又过数年，在北京邂逅报告团团长秘书马文喜，他已升任中央民委教育司副司长。从他那里得到消息，原报告团全国总工会一位女处长因病去世，团长江家福也从全国政协常委位置上退下来了，他到阿克苏地区考察遇上杜贤东，热情地开出租车拉他逛市区。

再后来我 2002 年到北京工作，在青海省见过工商劳模鄂福宗，他从大队长升到副局长；望江县中医劳模陈道冀，他虽退休仍在继续悬壶济世，当老中医门诊专家。

国家"一带一路"战略使新疆成了产业结构调整的重点，我有机会到阿克苏，见杜贤东也便摆在日程里。我先是把电话打到出租车管理处，对方问他车牌号码，问他是哪家公司的，车是什么颜色，我语塞。再次询问，对方的耐心不够，他说全市 1200 名出租车司机，大海捞针呀。仔细想想好像有点儿道理，我当秘书 12 年，知道"条条大道通罗马"的道理，不到黄河不死心。于是，我查 114 农一师工会，接电话先是录音，交通出行请摁 1，酒店预订请摁 2，机票预订请摁 3，人工服务请摁 0。摁了 0，对方的录音是现在人工忙，请返回 # 号键。好在我有耐心，一直拨打电话号码，大有不到黄河不死心的精神，在 20 多次拨 0 键后传来甜美声音，请问有什么帮助？我问农一师工会电话号码，对方告诉我一崩溃消息，电话没有登记，我准备应对措施第二套，马上说农一师总机，话务员给了一个号码，打了过去，空号，无法接通。我的耐心又受到了严重打击，放弃寻找的念头一闪而过，自言自语地念叨，怎么就找不到了呢。就在踏破铁鞋无觅处时，胖胖的服务员见证了我的一切，凑到我身边问我原因。听得她说工会有一位哥哥。拨通了电话，不仅知道杜贤东，而且还知道他电话。

幸运之神降临，电话号码是真的。杜贤东做梦也想不到我在阿克苏出差，急迫见面的心情很强烈。我告诉他两个小时后我要到开发区开会，结果不到一个小时就说到宾馆大堂了。相隔20多年后的第二次握手拥抱后，他左手拎着一箱沉甸甸的标有阿克苏冰糖心的纸箱子，右手也是一个同样的箱子，背兜斜挎着，打开兜一件件的宝贝，他一边往外掏一边介绍，兴奋之情溢于言表。那厚厚的相册图片记录着21年前劳模报告巡回五个省市自治区的回忆，他如数家珍，讲述每一张照片背后的故事。他介绍分别后1998年53岁退休，市领导关心他，让他开出租车，他挂起劳模出租车牌，也是尽劳模社会责任，学生高考、节日免单，10年向社会捐赠5万多元。他掏出挂满12枚奖章的上衣，这奖章诠释他71年人生的道路，他指着《人民日报》在2015年新疆建区60周年时政协主席俞正声接见的报道说："俞主席走到我面前，我大声说，'主席，20年前我在青岛和你握手，20年后在乌鲁木齐又一次握手，我幸福，我快乐。'"俞主席驻足，仔细看看他胸卡，会心地笑了。

杜贤东已经告别他的出租车8年，他是闲不下来的人，杜贤东常做些公益活动，义务送报纸，替别人接小孩，代表街道慰问生病贫困户，平时喜欢跳新疆舞蹈，找到个好舞伴，优哉游哉，乐哉乐哉……

绿皮火车的故事

20世纪70年代末，长春发往白山镇的火车开通，这是借白山水电站建设的光。我爱人是从盘石下乡抽到白山的民工，我们在头道沟的瓦厂相识。我那时在通化师范上中专，寒假回家，遇到一个同龄的异性拎着个炉钩子，人长什么样呢？记忆很模糊，这个人后来成了我老婆。结婚的时候，妈妈给我200元钱、30尺布票，我是在长白线一个叫新九站的乘降所接的新娘，那火车在新九站停靠一分钟，当我们把娘家送的结婚礼物——两个痰盂、一个脸盆、两个被褥拽上车门时，列车缓缓启动。

我特感动的是这绿皮火车解决我许多烦恼。那时候结婚要四大件，自行车、手表、缝纫机和收音机，结婚时要推自行车呢，因为路途遥远，丈母娘家庭会议挑灯开了几拨，最后一锤定音的岳父大人说，先结婚吧，于是才有坐绿皮车的经历。那天，绿皮火车穿林海跨雪原，喘着粗气如负重的牛车，哐哐当当，停停走走，我们从早上九点多钟一直到下午四点多才到达白山镇终点站。

也算是绿皮火车见证了我们的爱情，在此，并没有演绎出什么故事，但与绿皮火车相关的故事后来发生了。那是个物质缺乏的时代，家搬到白山镇的翌年春节，我持币购不到猪肉，那年春节清水寡淡度过。结婚后发现了新大陆，我爱人在吉林市农研所，他们单位养的猪种叫"长白黑"，这种猪生长发育快且好饲养，和妈妈商量，要吃肉自己动手丰衣足食呢。好在白山镇的家坐落在一个叫俱乐部沟的半山坡，后面的碎石被老爸整理出来一块院子，种苞米对我们从黄土地走出来的农民易如反掌。

下一步买猪崽也很顺利，明明是科研猪不卖的，但那猪场场长得了结核病，我爱人是农研所握着针头的护士，这个关系你懂的。说明情况后他网开一面，明明是两个猪崽21斤半，他愣是四舍五入，凑了个整数。

货没到急，货到手更急，这猪怎么运到白山镇呢？汽车无门，智取华山一条路，只能是火车。我和新娘子背着嗷嗷叫喊的小猪，趁列车员回头的机会爬上绿皮车，那列车员扫地时发现地下有黄色液体，猪粪味儿弥漫而来，怒目而视，我像小学生没完成作业做低头族，空气顿时凝固了。须臾，他似乎读懂我的尴尬，厉声说，把猪背上，跟我来。我心紧张头上渗出汗珠，心里想，坏菜，还不撵下车？我爱人主意正，赖着不动，一幅任杀任剐死猪不怕开水烫的样子。列车员是

那时候结婚要四大件，自行车、手表、缝纫机和收音机，结婚时要推自行车呢，因为路途遥远。丈母娘家庭会议挑灯开了几拨，最后一锤定音的岳父大人说，先结婚吧。

位40多岁的长者，职业服的袖子上有一红色套袖，印着"安全员"三个字。他先拨开看热闹的人群，再敲了敲厕所门，见没有人，示意我把猪崽放进去，然后把厕所锁死，这个过程让我有点意外惊喜。他甩出"都不容易"四个字消失之。

那年冬天，我们家破天荒地杀了年猪，满屋飘香的大餐，酒足饭饱，我手拿牙签挑出塞在牙缝中的一块瘦肉，心里有点儿发空，待了一会儿，我妈妈说，"我留了块排骨，去谢谢那个列车员。"我茅塞顿开……

旅途中的囧事

从吉林走出，沿路有许多收获，人说读万卷书，行万里路。我呢，这辈子没读万卷书，但是有数据显示已走过万里路，我拿到国航白金卡的时候就证明已飞过50万公里了。

走过路过，不能错过。这里面回忆起来，有许多尴尬事呢。

到广东吃饭，老板要一道水煮九节虾，菜上来前端来一碗茶水，我口渴，便随手倒进小碗里一干而尽，那个舒服。见状，客人们都面面相觑，目瞪口呆。见状，聪明的老板立马效仿，也把大碗的茶水倒进自己碗里。后来才知，那茶水是手掰九节虾后沾上腥味，洗手用的。

广东人吃饭极讲究，往往在菜旁放双夹菜用的公用筷子，东北人习惯不管三七二十一，见菜上来就动筷，我夹到第三口，老板实在看不下去了，告诉大家（实则是告诉我），要用公用筷子哟，这才恍然大悟。

有次在虎门遇到小学同学李萍，她见我把菜夹到盘子里头，告诉

我，广东人的盘子不是盛菜的，只是装吃过肉的骨头、虾皮什么的。这还是第一次听说。她说，当地人不会告诉你的。她说得真对，我吃过无数次粤菜，真没人告诉我盘子与东北的有何不同呢。

有 N 次，登上飞机，我随手取张《中国时报》英文版，为的是看报纸中的新闻图片，这张报新闻图片拍得很好，结果过来一位漂亮的空姐，用英语和我讲话，我丈二和尚摸不着头脑，她见状，折返回去请来另一位，那空姐用肢体语言交流，我忍不住笑了，空姐尴尬的也笑了。

过去坐火车时，往往听到列车员广播，火车进站不许上厕所，登飞机时内急，我也不敢上厕所，空姐看出我的状况，告诉我可以上厕所，这方才知道飞机不起飞也可以如厕。刚坐飞机时我曾好奇地问井波，在飞机上撒尿，尿跑到哪里去了？他说："雾化了。"我想，还是别尿了，万一雾化不了，正巧我爸路过，那不是大逆不道吗？后来我知道，井波在骗我，飞机上是储存的，这小子，太坏。

无论何时何地，规矩都比乱闯重要。

和黄荣钦的情结

和黄荣钦见面是在福建省晋江市的深沪镇，那是 10 多年前，黄荣钦办了三个帽子工厂和沙滩裤的企业。他每天忙碌的身影常出现在海外，因为这种产品出口到欧美国家。工厂有 300 多人，搞得很红火。当时中国纺织工业协会正在全国评产业集群地区，深沪镇以黄荣钦为代表的几个老板找到协会。经过评审，深沪镇被命名"中国针织名镇"称号。我当时在《纺织服装周刊》当记者，和黄荣钦就这样见面了。

那天他把我接到工厂，在企业的五层楼上，他布置大大小小十几个房间，房间的标准就如置身五星级宾馆。凡酒店有的，他都具备，宾馆没有的是，他的房间有一百多平方米的阳台。阳台上各种花卉应有尽有，楼亭点缀，站在阳台放眼望去，是无限的海洋。海风吹拂，浪涛声响敲打岩石溅起层层的浪花，夜半醒来望着皎洁的月光，头枕浪花声音入睡。

那时候黄荣钦日理万机，我去时他陪我吃了一顿饭，交给我一把房间钥匙。把我领到一个 40 多岁妇女前交代说："这位是谢记者，这几天你给他当厨师，吃什么你先列个饭单给我。"又把我交给一个手拎串汽车钥匙的小伙子，说："这几天你给谢记者当司机，把电话号码告诉他。"

就这样，我领导两个人一个礼拜。那厨师四川籍人，很会照顾人。我早晨起来，早餐已经备好，中午又是海鲜又是小吃，荤素搭配，十

　　后来，我曾陪他去长白山天池，他爱好摄影创作，还领取了中国摄影家协会会员证。再次到他家，满墙都挂满了他的摄影杰作。他爱人诙谐地告诉我，他一年摄影费用 30 多万，比养个媳妇还贵呢。他呢，乐此不疲。我每年都会收到一本摄影集。其中一本还是原纺织工业协会会长题的序，可谓功成名就。

分可口。那司机是从部队复员回来的，曾经给师长开过车，每天把车擦得干干净净，随叫随到，十分贴心。一个礼拜后，我交给黄荣钦一篇稿子，题目《听黄荣钦讲创业故事》。黄荣钦阅后笑得合不拢嘴，原来第一次有人写他和他的工厂。

后来，我曾陪他去长白山天池，他爱好摄影创作，还领取了中国摄影家协会会员证。再次到他家，满墙都挂满了他的摄影杰作。他爱人诙谐地告诉我，他一年摄影费用 30 多万，比养个媳妇还贵呢。他呢，乐此不疲。我每年都会收到一本摄影集。其中一本还是原纺织工业协会会长题的序，可谓功成名就。

如今，他已把工厂租给别人，常常出国摄影写生，自己还建立了设计室，他的摄影技术达到炉火纯青的地步。

生在海边，长在海边，黄荣钦对海有一种眷恋。这种眷恋流淌在他的血液中，体现在他的作品中。他曾冒着台风的危险跑到码头去摄影，岸边只有孤零零的一个人。边防战士劝他，他不听，排长叫两个战士架他离开。

他在历史中沉浮，在现实中寻觅，在观察和体悟中得到收获。

对摄影他驾轻就熟，游刃有余。

悄悄影响我一生的人

我接触的企业家中，有一位企业家是我佩服的，也是特别的，他叫陈国风。

说佩服是因为他只埋头企业耕耘，在当地纺织企业全线熄火的外部条件下，他奇迹般地活下来了，而且从十几万锭飞速发展到 21 万锭。

说他特别，是因为他不与上级领导亲近，据说有位市领导上门搞推销，硬是让门卫拒之门外，事后他不但不批评门卫，还表扬。

说他特别，是因为他屡次参加会议，没见他随会议旅游，没见他在会后大吃。

我是 2007 年 8 月到企业去的，那是我赴京打工的第一站，人的一生对第一次的记忆总是那样刀刻斧凿似的。

从长春坐公共汽车到他领导的企业，历经 6 个多小时的颠簸。办公室主任把我接到厂里，他对我非常客气，在他的办公室我们聊得很投机。在参观企业前遇到一个熟人，是企业的副总，他说："我寻思谁呢，和老板谈了这么长时间，从没有过的呀。"

以后的日子里，我们彼此的了解不断地加深。

他是当地推荐的十届全国人大代表，每次开会前我都会接到他电话，告诉我启程时间和居住的宾馆，每每都是到京后先聚一次，聚餐的地点很单一，无非是"东来顺""新疆饭店"之类，因为他是少数民族。

每次都是一瓶京酒，喝一半，他喝一半的 7/10，我象征性地呷两口，剩下半瓶和菜都是叫我打包回家。

会议结束临走时，他会把会上发的土特产往我车上装，因为人大代表住的地方外人不能进去，都是他一趟趟搬上搬下，我心里委实过意不去。他口头禅往往是"兄弟，没关系。"

"兄弟"这两字是挂在他的嘴上，不说兄弟不开口。我这人欠人家账，便吃不香睡不实，千方百计想还账。母亲说过"滴水之恩涌泉相报"，可我既没钱又没权，但还有笔嘛。于是，一个策划浮出水面——让他直接跟协会领导汇报，这主意他有点儿担心。他问："领导能有时间吗？"我说："问问看吧。"

我找到给领导开车的司机，司机人很爽快，他马上就向领导汇报，领导立即答应。

接下的事顺理成章，当报纸上头版头条的报道和大幅照片到他手里时，他只有高兴的劲了。

116

这也奠定了我们以后交往的基石，在他面前说话声音也可以大一点了。

和他又一次见面是在 2005 年春进京开会期间。我当时听说，棉纺有可能要列入中国名牌名录了，便把消息透露给他，他眼睛一亮，便产生浓厚的兴趣。他心知肚明，被评上中国名牌是填补企业空白的项目。

事在人为，当他认为名牌无望时，反而有了转机。省里发了文件给国家质量监督局，积极推荐他的企业，称之为振兴东北老工业基地的典范。也许是推荐有效果，也许是本身事迹过硬，他们最终成为本行业中国名牌企业之一。

创名牌的过程，他对我有了新的认识，他的称谓也从兄弟改为"立仁"了。

就如天气一样，不会总是晴，常常是晴转多云或有雨，企业遇到不可逾越的困境发生在 2007 年的夏天。突然接到陈总的电话时我正在福建，电话中说："立仁兄弟，干啥呢，有时间没有，我明天到北京，咱们见个面吧。"

见面后才知道，企业由于资金链断裂处于半停产的境地。于是我义不容辞地与他坐上开往深圳的列车，寻找合作伙伴。

当我们身心疲惫地苦行半月有余而毫无结果时，企业却因集资款的事闹起事端。原来，在企业发展过程中，为扩张需要，他曾请示上级在职工中集资。可到了归还的时候，没能如期兑现，半路他立即回去平息事态去了。

再见到他时是 2007 年 10 月，我放假回吉林去看生病的父亲。接到他电话，他说还要出去招商。于是，我又一次伴他，这一次他大不如从前，在卧铺上几乎整夜失眠，唉声叹气，满脸愁云。到深圳后住在白城办事处，他也是睡眠不足，半夜起床去厕所，见他一个人手扶床边坐在那里发呆。他对我说："为党工作了这么多年，到底为什么呢，有人说我是罪犯，还贴大字报说我法盲、文盲，立仁呀，我想不通。"

我认真地问他："你有什么贪污和受贿吗?"他想了想说，"贪污没

　　事在人为，当他认为名牌无望时，反而有了转机。省里发了文件给国家质量监督局，积极推荐他的企业，称之为振兴东北老工业基地的典范。也许是推荐有效果，也许是本身事迹过硬，他们最终成为本行业中国名牌企业之一。

有，受贿也没有，节假日时收人家点烟酒的情况有。"

我坚定地说："如果仅是这样，不算。"

到一家企业招商，人家为感谢他多年的支持，安排他洗脚，他不干，安排他住高级宾馆，他也不从，只是到"兰州拉面馆"吃一碗拉面，3元一碗。这样的领导少见，我过去给吉林化纤老总付万才当秘书时，付万才常常带我去全国各地，付万才是中央组织部树立的全国学习楷模，也这样清贫。和付万才一样，他的清贫和自律决不是装给人家看的。

他说，从小吃苦，习惯了。

因为是我陪他去的，所以，作为中间人我去了一次他所在的城市。

虽地处不发达地区，但对招商工作十分重视，他们的市委领导亲自接待了我，对招商的第一阶段进展很满意。当听说企业当选中国名牌也是我提供信息时，市领导对我更加刮目相看。

然而，事情发展得不是很顺利，结点是在企业的资产有一部分被银行担保，由于他们欠银行的账，所以资产被银行拿走，要合法出卖必须走破产程序，而破产过程最少要半年或者一年。拖了两个月，这事搁浅了。

但是，市领导一席话，让我对他人品更加佩服。

市领导说，"我们都是全国人大代表，在一起开四年会，他没请我吃过一次饭，每次从北京回来，机票是省人大给出的，他都把机票换成火车票，坐火车回来，为的是怕司机从长春接他要多走四小时车程，浪费钱，他是真正的共产党员。"听了领导的评价，我觉得他的人生应该是精彩的，也当是成功的。

后来，他平稳过渡办了退休手续，颐养天年。

真金是不怕火炼的，行得端才立得正，人在做天在看，一片冰心在玉壶。当是做人准则。

119

听爷爷讲闯关东的故事

　　小时候在寒风凛冽的隆冬坐在火炕的炭火盆旁，那火盆里埋藏的土豆不时冒出一股股白烟，让人垂涎三尺。我们望着窗上结的冰凌花，手捧烫手又不能扔下的土豆，爷爷便开始讲那遥远岁月闯关东的往事。

　　爷爷的爷爷家在山东省昌邑县，爷爷的爷爷哥八个，为生活所迫，举家老小，走上了背井离乡到关东谋生的出路。几经风雨，几经沧桑，八兄弟约定到吉林省一个叫舒兰县的地方集合。集合后才发现，老四和老六杳无音信，是被东北虎当粮食了呢，还是饿死他乡无法考证。爷爷说那是1887年的春天，正值当地姓于的地主为种地伤脑筋。这于家拥有的土地与长工的数量成反比，便出三年免租的政策，三年免租对农民来说是天大的好事哟。于是谢家祖先便扎营在此，在一片广袤的黑土地里撒下种子，开始面朝黄土背朝天的劳作，他们也筹划着三年后的靓丽风景。事遂人愿，这三年是风调雨顺的三年，也是谢家原始积累的起步年，山东人勤劳的汗珠全部倾注于黑土地上，第一桶金为谢家休养生息奠定了基础，并为之生存打下一个良好的开端。

　　种地对农民来讲就是割不断的情结，土地则是农民梦寐以求的渴望，于是，祖先除留着糊口的粮食外，节衣缩食地将余下的钱去购买土地，当属于自己的土地到手后，便注入汗水来浇灌。周而复始，小苗青青又变黄时，岁月的更迭又使种子变成粮食，而粮食又为土地的扩张积蓄源泉。

　　据爷爷讲，从山东逃到东北，不到10年的光景，由于祖辈人的勤劳、精明，土地扩张得很快，买了土地就雇长工，几经周折，到新中国成立前，附近的有钱人，我们家是其中之一，另一家姓于。而且两家人还联姻通婚，于家的女儿嫁到谢家，谢家的女儿也有给于家当妻的。我家的祖先排行老三，到1948年，我们祖先已拥有五间正房、七间偏房、四周围墙加炮台的谢家大院，远近30里有名气。土地和牲畜也随时间的增加而增长。

老话说，祸兮，福之所倚，福兮，祸之所伏。家境的殷实也带来了灾祸。在新中国成立前，五爷爷和三大爷被绑票了，五爷爷被土匪（东北人称胡子）绑票是因为胡子不管谁家，只要是有钱人就是他们的目标。五爷爷被胡子绑去时正值20多岁，当家人用钱将他救回时，由于惊吓，不到一个月便命归黄泉，他也没留下后代。

三大爷念完了国高，因为他识文断字，所以家里许多事都要他参谋，又加上我爷是掌包的（相当于现在运输处长），每到秋收后都套上三辆马车去吉林乌拉街送粮。爷爷是领头的，所以被胡子瞄上了，三大爷被抢走后，土匪狮子大张口，要200块现大洋。大洋是用筐装的，每块大洋都凝结着祖辈的心血和汗水，每装一块时，大爷爷的脸上都淌着汗水，像豆粒大小滚落下来。土匪也很讲究诚信，当大洋落入兜中，三大爷也被放回家，可年龄只有9岁的他，是经不起这么折腾的，这成为日后心脏病的根源。

爷爷在翻开陈芝麻烂谷子老账的时候，总是把大姑的爷爷挂在嘴边。大姑的爷爷外号叫王小个子，身高不到一米五，但是心眼儿多。他很小参加了保安队，睿智得很，不久提拔为队长。这个人特点是枪打得准，双枪，往往是一抬手便有飞禽落地，打"家雀儿"一打一准。土匪在攻打我家时，他站在高高的墙上，对来侵的土匪们，双枪不断地射击，土匪愣没敢冒头。

解放和土改的消息传到了老家，接着就是斗争恶霸地主。当时二爷爷是当家的，理所当然被斗争，斗争后工作组就宣判他死刑。那是在寒冬时节，东北的冬天刮着凛冽的北风，一直吹透到人的肉体，脸就如刀割一样疼，天空飘起淡淡的雪花，二爷爷被押着走上断头路。枪响了，土改工作组同志见人已倒下，便跑回屯里暖和身子去了，二爷爷其实是被枪声吓倒的，过了一会儿，便醒了过来，枪是打偏了，他捡了一条命，便深一脚浅一脚地爬回了家。翌日，工作组人去查看尸体，见雪中留下的脚印，便顺着脚印找到了正在取暖的二爷爷，可怜他命中注定，被补了数枪，命归黄泉。

土改前，当家的二爷爷和爷爷曾把家里存放的银元装入一坛子里，在一个伸手不见五指的夜里，埋入老家房后。新中国成立后，房子被人分了，到了爷爷快咽气的时候，一向不声不响的他，把我拽到床前诉说了这一切。那时是20世纪90年代，我便伙同两个弟弟回到老屯。我们住在一个远房姑姑家，老屯的房子已面目全非，爷爷住的房子早就被人改造过了，原来的土坯房变成砖房。但根据爷爷讲的方位，埋银元的地点没有变。我们的到来让各种传言不胫而走。有的说，你们猜老谢孙子干啥来了，他们家金条老鼻子了，埋在地下呢。也有的说，见面分一半儿，咱也不能放过。听到乡亲们的议论，为息事宁人，我们当晚便撤回。后来，也不知爷爷也告诉过别人了，还是人家"挖地三尺也要找到地点"，反正在老屯的房边挖出一坛子，里面除了生锈的钉子外，还有一些不值钱的大钱儿，至于银元，谁也没见过。

唯命是从不是强者态度，无论什么时代，勤劳致富都是真理，过去是这样，现在是这样，将来也是这样。

122

鲁泰有个刘石祯

刘石祯的习惯有点儿像名人崔永元，见面总是笑，不同的是，崔永元的笑怎么看都是坏笑，而刘的笑则是慈祥的微笑。

认识他是在2007年人民大会堂开"全国纺织竞争力500强"发布会，中央电视台记者要采访个企业家，我找到中国纺织工业协会一副会长，那副会长推荐了他。他那时怎么看也有 60 多岁，实际上我没有走眼。我跟他说了这事儿，听罢，这老头儿整理下衣领，五指当梳子梳理下头发，跟着我见记者。

再次见面是在广东省清远市召开的国际棉纺织大会，会务组令我去接站，接的人是刘石祯。我打他电话不通，机场屏幕显示他这班飞机已落地，就打他办公室电话询问，那主任说："他一个人去的。"

我迷糊了，这人哪儿去了。

一会儿，会务组打电话来说，他已经打的过来报到了。

年逾古稀，又是知名大企业家，出门连个秘书也不带，罕见。于是，有一年夏天，我怀揣种种疑团，敲开鲁泰掌门人刘石祯的门。

刘和往常一样，笑眯眯接待我，和知名企业家相同相似，他侃侃而谈。

谈到用人，他有独到之处，他说："招工时，我问年轻人，你来鲁泰为什么？"有人说为纺织事业奋斗。他接过话茬，"那你走吧，我这不要，到别的地方奋斗去。"同样的问题，也有的回答，为的是体现个人价值。他又应答："我这不要，另择高就。"有一个年轻人直截了当地说："为了养家糊口。"受他表扬了，他说："这就对了。"

据说，刘石祯是挖煤出身，煤被挖空了，改做纺织。开始时听说泰国有客商计划到山东青岛投资建纺织厂，被他知道了，他主动接触，一拍即合，举杯，握手，建起当地最好的纺织厂，用的设备也是顶级的，鲁泰的起点就瞄准世界一流。

走高端他先苦后甜，目前，世界上最知名的品牌用布料几乎都来自鲁泰，鲁泰的衬衫一件 5000 元人民币足以说明问题。最有意思的是，中午他请客吃饭，火锅，开始是我俩，刚摸起筷子，来了三个穿工作服的，他一挥手，叫服务员加三双筷子，后来加上接我的司机和办公室主任，正吃着又有两个蹭饭的，大约 10 人，结账时谁也不吱声，刘石祯从兜里摸出四张百元人民币交给服务员。究其原因，鲁泰有个不成文的规矩，在外吃饭，谁官大，谁掏钱。

难怪，成功者都有成功的密码，与众不同，这所见所闻是不是呢？

2017 年初，传来噩耗，刘总因病去世，这消息让我泪奔。

呕心沥血铸"三枪"始末

上海有个内衣品牌叫"三枪"，在业内很有名气，老板叫苏寿南，没见过，听说过。

采访"三枪"，去见业内传奇人物是做业内记者可遇不可求的事儿。

那天，在好朋友的引荐下，与苏寿南见面。其实名人也是人，没有想象的那样咄咄逼人，反而觉得是与邻居在交流。

半小时的采访，让我对他的创业经历略知一二。回宾馆后，我一不做二不休，连夜写稿，题目就是《苏寿南——呕心沥血铸"三枪"》。

翌日，我怀着忐忑的心情交上稿子。那篇文章 3000 多字，苏寿南戴上老花镜很认真地改，就像老师修改小学生作文，写了批注。我很清楚自己的半瓶水有多少，规规矩矩地站在旁边，如临大考。

对于苏寿南来说，采访他的记者要按连的编制计算，在网上任意点击"苏寿南"三字或"三枪"，便会跳出 N 多篇文章。

当苏寿南摘下老花镜，笑眯眯地说："很好。"我心里压的一块石头才落了地。他说："写我的文章算上你，有两位写得好，另一位是新华社记者。"妈呀，我和新华社记者同列，这是云里雾里的事儿吧。

文章发表，同行点赞。

2015 年春，与上海纺织控股公司总经理朱勇在保山见面，他对我没有印象，交换名片后对我名字有印象，他问："你是不是过去当过记者？"我答："是的，在《纺织服装周刊》。"他说："是不是写过苏寿南的文章，叫《苏寿南——呕心沥血铸'三枪'》?"我丈二和尚摸不着

　　半小时的采访，让我对他的创业经历略知一二，回宾馆后，我一不做二不休，连夜写稿，题目就是《苏寿南——呕心沥血铸"三枪"》。

头脑，问："你咋知道？"他说："苏寿南退休前（2012 年退休）出版一本书，名字叫《呕心沥血铸"三枪"》，给那书名题字的是时任国务院领导，题目是你的。"

原来如此，没有想到还有这事儿，荣誉感油然而生呢。

做木匠就要当鲁班，才是硬道理。

时光朋友李树荣

14 年前，中国纺织工业协会在人民大会堂举行授牌仪式，广东省大朗镇荣获"中国毛衫名镇"称号，李树荣的毛衫品牌就是名镇一员。

那时候我在《纺织服装周刊》当记者，宣传名镇是分内事，在镇经济局黄副局长陪同下，我见到李树荣。乍一看，李树荣并不像老板，他身材伟岸，气宇轩昂，国字形脸，头顶蓬松，有双炯炯有神的大眼睛，身上凸显只有运动员才能够拥有的肌肉线条，看年龄也就四十多岁，见到我显得很拘谨木讷，也许普通话对他是语言的障碍，他操一口不太流利的广东普通话，谈话很吃力。

尴尬中，我提出看看产品展室。走进去左拐右拐多个房间，映入眼帘的是琳琅满目的毛衫，各式毛衫布满了展览厅，桌子上面堆满款式各异、时尚新潮的产品。我问黄副局长，哪里来这么多货？他告诉我，每周李树荣都去香港买时尚毛衫，回大朗后便组织人分析研究，在原有款式基础上加入新元素。

创新的毛衫主要是原料多组分，款式多样化，更适合内地的大众眼球，打样后到市场试水批量生产。他的品牌"龙姿"，"龙"是代表中国，中国人当然是龙的传人，"姿"则是姿色，风情万种。李树荣在旁边静静地听着，没有任何表情，我心里面有点小嘀咕，这个老板有

尴尬中，我提出看看产品展室。走进去左拐右拐多个房间，映入眼帘的是琳琅满目的毛衫，各式毛衫布满了展览厅，桌子上面堆满款式各异、时尚新潮的产品。我问黄副局长，哪里来这么多货？他告诉我，每周李树荣都去香港买时尚毛衫，回大朗后便组织人分析研究，在原有款式基础上加入新元素。

点与年龄相反，老谋深算、深藏不露呢！采访虽有些不尽如人意的遗憾，但我从他的经营理念和创新模式还是受到了启发。根据所见所闻，写了一篇文章，题目是《名镇出名企，"龙姿"显龙威》。这个稿子我按惯例拿给李树荣审查，他漫不经心地看了看，既没有肯定又没否定，有一点司空见惯的样子。我忐忑不安，心如十五桶水，七上八下，回宾馆看了会电视便睡觉了。

常常到广东出差的人都晓得，广东人生活习惯是玩星星睡太阳，当我进入了梦乡，正在梦中私语时，被电话铃声吵醒。我揉揉惺忪睡眼，电话是李树荣打的，他说已经在宾馆大厅等候。客户就是上帝，这点我懂。利索地穿衣蹬裤，见李树荣一改白天的严肃，笑容可掬地请我上车，说是吃夜宵。那是用猪肠猪肺猪肝烩成的大米粥，里面有咸味，头一次吃这个东西，不难吃，边吃边聊，断断续续的。他的想法我也心知肚明，他对我写的稿子有兴趣，吃了夜宵已经凌晨一点多，他又领我泡温泉啦。这个流程下来已经三点了，我连打三个哈欠，他见状，送我回了宾馆。

我一夜无眠，又爬起来改稿，有一个数据有误，我打李树荣电话，一个声音告诉我无法接通。直到中午 11 点，李树荣来电约我喝茶，我说还没吃中午饭呢，他用生硬的普通话说知道，其实我老外了，广东人管吃饭叫喝茶。晚上，他又重新演绎昨天节目，搞得我云里雾里，晕乎乎的。他见我迷茫，捅破窗户纸直截了当说："帮我写一首厂歌吧。"使人钱财替人消灾，我又苦干一天，写首《龙姿之歌》，请音乐学院张新华教授谱了曲，歌词是：

经纬交织，我们演奏温情的乐章。
龙姿相融，我们唱响欢乐的歌声。
让世界认识龙姿品牌是我们的理想。
让龙姿品牌走向世界是我们的希望。
品牌制胜龙姿心印无双谱，

人才为本龙姿春发第一枝。

与时俱进，龙的传人龙腾新时代。

诚信创新，姿色万千龙姿美名扬。

我们是光荣的龙姿人，春华秋实收获丰收喜悦。

我们是光荣的龙姿人，逝水年华放飞无限希望。

以后和李树荣便是朋友了。后来他把他父亲介绍给我，又让他爱人孩子陪我吃饭，只要知道我在广东，第一时间见面，热情的如同老百姓见到八路军，我见证了他的企业越来越好。后来由于工作变动，我从记者队伍转到中国纺织工业联合会的企业家协会，从 2009 年到 2016 年这么多年我和他的联系常定格在节日问候。

今年五月，收到他的微信，他叫我去香港玩玩儿，他的企业已交给儿子经营，他儿子成了毛衫企业富二代领袖。十几年过去了，历经风霜雨雪，他的"龙姿"还坚持坚守毛衫行业，也算行业老兵了，做百年企业一直是他的梦想。传承这个梦的接班人如何？在全球纺织面临产能过剩严峻考验下，怎样生存？他一直在关注这些。李树荣告诉我，他主要任务是掌舵定向，近几年他又爱上养生，字里行间流露出他对生活的态度，每天刷屏，朋友圈的步行排行表，常常是他占领封面。

授之以鱼（渔）？

我当过老师，也当过师傅，所谓老师是因为念师范学校，毕业分配到学校，而师傅却是北漂后一个企业老板强加的。

老板叫李明，年近半百，山东德州人，开始是收棉花，后来纺棉花，人很豁达，也是当地有名的企业家。

2009 年在竹纤维联盟和他第一次握手，第二次握手是那年冬天在他企业。他递给我支软中华包装香烟，我拒之，他自己吞云吐雾，我们大有相见恨晚的感觉，酒逢知己千杯少。中午吃牛肉包子，喝得小脸通红通红的，他长叹一口气，话到嘴边又咽回去。

见状，我感觉到必是件不同寻常的难事。我拍胸脯保证了，他道出了埋在心底深处的想法。话题从他长子说起，原来他虽没有念过大书，却把念书希望放在儿子身上，儿子聪明伶俐，就是不吃苦。为培养儿子，花大钱送到北京私立学校，考大学名落孙山，却有其他收获，上学时孤身一人，回家时成双成对，也是满满的幸福。儿子曾在当地做过生意，但是不到一年账单赤字。败退到企业，又干啥啥不行，过去折腾收获的都是教训，他的心病是让我当师傅调教调教。

有人说东北人普遍有两个特点，一个是大明白，不懂装懂。另一个是喜欢给人当老师，喜欢帮助别人，人称活雷锋。这两个点我兼顾。

见到他满脸的真诚，我欣然接受。下午见到李公子，名字叫李军，我思忖着，这名起的，怎么和他爹像是同辈似的？小伙子小鲜肉，20多岁，白白的皮肤，大眼睛有神，很谦虚地向前鞠个躬，腼腆害羞地笑笑，并不是想的那样，印象中富二代大多是仗着兜里鼓瞧不起人的纨绔子弟。我的阅历和经验，以貌取人往往失算。

自此以后，李军和我行影不离，一老一小出现在大江南北。那个时候他家有大把钱，我有大把时间，辗转南北东西。他三天两头电话约我，说走就走，每到一地他都订好酒店，那个时候非五星级酒店不住。小伙子见到客户也很殷勤，上海话是拎得清。至于教他什么我不露声色，如果是扶不上墙的烂泥我也没招。

还有另外一个原因，刚刚参加工作时，一个年长的同事讲过一则寓言故事，说猫是老虎师傅，老虎一招一式都是猫言传身教，老虎觉得自己可以了，问猫咪，师傅还有什么本事，猫咪摇摇头，徒弟老虎凶相毕露，恶狠狠地对猫说，我饿了，纵身扑向猫，猫机敏地爬上树。

这个故事告诉我们要有保留，我听其言观其行。广东佛山西樵镇，是面料名镇，过去我卖过几个织布老板小广告，在杂志开辟了"供求信息"栏目。开始每期每条2000元。因为栏目所有企业广告，只有发布没有求，老板对我说，老谢别再来"赵本山"了（意为"忽悠"），就是有一个电话也算有效果。

我的营销理念"蚂蚱也是肉"，索性2000元48期，优惠加亏本清仓大甩卖。打出仅售西樵镇，设"西樵面料供求专版"，上级领导说了支持面料名镇发展。再定点精准投放，把杂志集中发到他们产业链下游服装名镇去，从坐商到游商。这招灵验，真有打电话的，也有个别成交的，老板娘口口相传，西樵镇陈姓会长请我吃饭，感谢的广东普通话说了一大筐。杂志社领导表扬我有思路，一举两得。

再说我领李军一个老板一个老板敲门，广东人可以交一辈子朋友，老板们大多"滴水之恩，当涌泉相报"，低调而务实，诚信而收敛，见到我问寒问暖的，一个劲"雷好雷好的"（你好）。李军有一点小兴奋，过去找客户磨破嘴跑断腿，业务员打发了。如今不同，铁观音茶叶飘香，呷一口沁人心脾，吃饭有请，出门有车，李军很滋润。

看得出来他喜欢过这样的生活，两个月时间过去了，他仍然两手空空感觉迷茫。我看时机已到，便坐下考试。问题简单且复杂，我一改以往温柔，板起面孔严肃地问："我们见过几个老板？老板电话号码？"他涨红脸开始支支吾吾，处于尴尬的境地。见状，我掏出笔记本递给他，那上面时间、地点、人物、电话、意向等详细资料一应俱全。他手抓头皮，歪着脑袋，满脸写着后悔，羞涩地低下头。我因势利导，告诉他黄老板要求寄样纱，他头点的如捣蒜。

无巧不成书，黄老板神差鬼使，这个单签约。第二次见到黄老板，他们已经酒逢知己千杯少了，好像我比他陌生。这一单消息如风般传递，又见到李明，他又是递烟又是倒茶，喜悦之情溢于言表。搞销售的小张见到我，直言快语地说："我就奇了怪了，凭小军怎能有这本事，原来有高师呢。"

吃一堑长一智，李军入了门，道行也渐深，他旗下七个业务员，不仅销自产而且还代理别厂的纱。我言传身教给他传授怎样看人，不和不孝顺的人做生意，不和说大话的人交往，不怕老板奸就怕老板骗。他理解力强，都会记在心里，生意兴隆时为奖励他和我，他老爷子破例叫他随我去海岛台湾考察。他有点小骄傲，那个写满两个英文字母的棕色包包2.7万元，他毫不犹豫出手，还像是捡到多大便宜似的，激动地告诉我，比大陆价格少6000多块钱，便宜、便宜。我心想，该剁手，小数点往前挪动3位我都不会动心。小外孙属猪，我左挑右选，花25元买个木刻小猪，导游告诉我在义乌3元进的，我诙谐地说，叫他回归大陆。也许这便是代沟。

李军在贸易管理上日臻完美，我搭桥铺路让他代理石狮市一企业新型纱线，他做的风生水起，基本上放单飞，独立完成任务，联系电话越来越少。到了年底，收到他邮的满满年货，我不好意思，他在电话里说："孔子教学还收肉干呢，不成敬意哟。"我恭敬不如从命，欣然接受。

天有不测风云，人有旦夕祸福，这句话不假。事情如果延续下去应该很顺。正当李军春风得意时，却晴空霹雳，李明投资房地产，资金链断裂，兵败如山倒，折腾来折腾去，用尽洪荒之力也没峰回路转。结果企业法人更名，李明家陷入困境，快乐的小船说翻就翻。唇亡齿寒，突如其来的变故直接影响李军，供血不足，让他捉襟见肘。他乞求我的帮助，我甩过去有山靠山没山独立的名言，并且协调从朋友处借钱做流动资金。

好在他识时务，从小打小闹贸易做起，埋头走自己的路。困境让他成长，使他成熟。又过了两年，我出差德州，和以往一样打个电话他立即出现在我面前。我问了近况，他谦虚地告诉我，自己干呢，懒蛤蟆吃苍蝇——刚供嘴，养活老婆孩子还有富余，并执意结宾馆房费。我拒绝，对他说，有钱要花在刀刃上。后来见到一个认识他的老板，我不放心，向老板打听他的情况，老板说他又聘了三个业务员。

探索"即发"之魂

初秋的一天，山东半岛一个叫即墨的县城，一辆被改装的、也是刚刚出厂的考斯特中巴行驶在国道上，车子走的路似乎不是很顺利，在一个红绿灯路口遇见了一个刚刚出厂、车座的包装还没有来得及拆且无牌照的小车，与另一个前面行驶的小车"接吻"。看得出主要责任在后面，而我们要去的目的地，主题是去寻找即发集团岁月的钩沉，这也成为车上议论的话题之一。

考斯特在一个叫李家街的小村庄向南行驶，七拐八拐，在一个杨树茂盛的沟边，很吃力地驶进一个不很起眼的小院。这个小院被四周的居民包围，与村里的居民没有什么两样，大约半亩的地方从北到南红瓦灰墙的平房合围起一个口字形状的独立王国，门口一块一米高的石头，有朱红的遒劲有力的字"即发，1954"。从字和数字不难想象出它的真实身份。而把我们拉回到 60 年前场景的是现任即发集团董事长陈玉兰，娓娓道来的还是即发让她刻骨铭心的过去。

陈玉兰今年已过古稀之年，艰苦岁月的一路打拼让她的青丝变成银发。然而，亘古不变的是她对即发的情感。这里陈设的每一个物件她都爱不释手，因为每一个物件都会勾起她对往事的回忆，历历在目的是她和她的团队走过的每一点轨迹。

的确，即发的前身就是这么点家底，随着新中国成立的炮声，在毛泽东主席天安门城楼上那"中华人民共和国成立了，中国人民从此站起来了"的巨音过去的第五个年头，在一个叫即墨的小村庄里，一个钟姓的山东汉子，带领 12 个在家务农的妇女，凭借老祖宗传下来的巧手和即墨人不甘寂寞经商的血脉，在拢共只有三五个人的情况下，收头发的生计出现了。在小作坊刚刚起步的翌年，16 岁的陈玉兰加入。钟头见她单薄的身体，小小的年龄，思索了好久，不知让她干什么合适。写几个字吧，从字里行间，发现她不仅字写得工整，还露出几分灵气。慧眼识珠的老钟又正缺一个识文断字的帮手，便试探着让她做一个"出纳"，说是"出纳"，其实是什么活都要干的"打杂的"。

在一个不大的展室，陈玉兰凝视着挂在墙上的长着"国"字形脸、两道显眼的长寿剑眉的人站立了许久，这便是领着大家创业的老书记。遗像肃穆，陈玉兰回忆的思绪打开，她一语中的地说："如果说，焦裕禄的事迹感动人，我们老书记的事迹一点也不差呢。"

在一个大约五平方米的小屋，挤着两张木制的单人小床，陈玉兰手摸着床头，望着物在人空的床板说，这就是当年老书记的住处，他的家虽然离小厂不到 20 公里，但他几乎长年不回，每天都奔波操劳在企业。那个时候，我们就不知道什么叫节假日和星期天。除夕夜，外边一阵阵爆竹声，让人知道这是过年了，老书记孤身一人守候在火炉旁，通红的炉火上边是被烤得面目全非的铝制饭盒，饭盒里面是切的参差不齐的白菜，冒着热气，炉盖上一个烤焦的馒头，这便是老书记的年货。初一、初二是我值班，老书记剩下的白菜汤也变成了我填肚子的佳肴。

问到工资时，她不假思索地说，那个时候没有人计较给多少钱，我们在老书记面前就从来没计较过。

老书记不是现在说的"5+2""白加黑"，而是有人提起明天是星期天，他都会变脸。对一个只有奉献的人来说，所有的快乐都融进他的工作之中。

我是怀揣恋恋不舍的心情离开那个小院的，然而心情却久久不能平静。我仿佛回到了 60 年前，脑海中突然涌出那个场景，在一个小马扎上，几个家庭妇女告别厨房，在这里艰苦创业。

我也百思不得其解，60 年的风风雨雨，即发的前身，那个名不见经传的收假发，一分钱一分钱攒成行业派头的即发是怎么样成长壮大的呢？

我情不自禁想起，耳熟能详的风靡全国的电视剧《亮剑》中主人公李云龙的台词，一个军队的军魂是军队那个人的灵魂，无论历经多少风雨，无论遇到多强大的对手，狭路相逢勇者胜。勇于面对死亡，面对困难所向披靡，正是这种军魂成为这支军队永恒的战斗力。

一个军队是这样，一个企业的成长也如此，不是嘛？即发的"军魂"是老书记的言行。佛经上说，忘我的最高境界是无我。薪火相传，陈玉兰接过老书记的接力棒后，正是这种无我，让陈玉兰在困难面前不低头，在荣誉面前不骄傲。

老书记是她人生的第一本书，在她身上不仅仅有老书记精神的传承，同时也有老书记灵魂的指引。创新和发展诠释着陈玉兰的人生轨迹，亮剑的军魂书写即发 60 年不懈努力走向辉煌的历史。

想着老书记的形象，想着陈玉兰的言行，我似乎茅塞顿开。

企业的生死抉择

在素有"中国服装名城"之称的福建省石狮市，盖奇和王衍筑的名字在业内耳熟能详。盖奇是人们对盖奇（中国）织染服饰有限公司的简称，它之所以闻名遐迩，是因为领导这一企业闯市场的企业家叫王衍筑。

找出路，他瞄向新技术

王衍筑属虎，今年65岁。在他叱咤风云的巅峰岁月，因日产万件T恤衫而成为许多国际名牌的新宠，趋之若鹜，也得到同行的追捧。每当谈到往日的辉煌，王衍筑那浑浊的眼睛顿时发光，侃侃而谈，喜悦之情溢于言表。是啊，作为闽商的杰出代表，他经历几多坎坷，但更多的是过五关斩六将的大手笔历程。他曾经负债150万元，在改革开放的20世纪80年代独闯京城，也曾经慧眼识珠，高薪引入一流设计师，把设计理念第一个引入石狮的服装王国，成为众多大咖纷纷追捧的对象。在他58岁的时候，与命运抗争一辈子，小有成就的他，将目光瞄向更广阔的领域。他敏锐地意识到，随着工业的发展，环境保护一定是人们关注的焦点。在2008年乍暖还寒的时节，一年一度的海峡两岸纺织博览会上，一款以节水节能为亮点的"冷转移印花"设备吸引了他的目光，驻足在那机器旁冥思苦想，仿佛一幅美丽的画面打开他的天窗，这个由台湾人研发的设备，正是他所渴望的梦想。他晓得中国纺织业严重的能耗、噪声、污染的日子不会长久。问及当时的心情，记者试探着问是不是为了给纺织行业找出路，他挥下手，顺手从裤兜里摸出一支烟，点燃后果断地说，我没有那么伟大，主要是为企业找出路。他算了一笔账，随着劳动力成本上升，加工一件 T 恤衫成本要 16 ~ 18 元，市场的批发价有时不到 16 元/件，等于加工一件不赚反亏。这么多年的品牌渠道一直没有大的进展，让这位老服装前辈坐立不安，夜不能寐。每每望着活泼可爱的小孙子，他都要下一次决心，为他们积累点生存的财富，俨然是当爷爷义不容辞的责任。

攻难关，他付出艰辛

回顾历程，不走寻常路是他成功的砝码，王衍筑的成功每一步都离不开"创新"。1989 年第一桶金 2000 万，是因为发明手动文具盒，那塑料的文具盒小学生用手一摁便蹦出橡皮，每盒成本 1 元，市场销售 4 元/盒。2002 年他又转到染整成衣，在天津受挫后转到石狮又一次走红，2000 万/年的利润入手。这一次开始进行得很顺利，正值 2010 年，国家 GDP 以两位数增长，诸多的利好，让年逾花甲的王衍筑产生一种冲动。恰值中国纺织工业联合会在上海召开部分优秀企业家座谈会，中国纺织工业联合会主要领导想听听企业家对形势的看法，其中两位年过半百的企业家表示，苦了许多年，如爬山到了顶峰，要看看路边风景了。王衍筑嗤之以鼻。他说，我虽然年过花甲，但仍然对创业情有独钟，冷转移印花项目，一符合国家政策发展方向，二贴近企业现状，虽然还有许多不足，但我坚信一定会有市场的春天。凭借他多年积累的人脉和对新技术项目的渴望，绿灯闪亮。石狮市领导在工业用地十分紧张的情况下，批准 100 亩地的指标，金融单位纷至沓来，几家有名气的银行承诺给他贷款。对冷转移印花，他也是观察多年，反复论证，才拍板引入。正是他的坚信，正是他的团队不懈努力，不断整改，使冷转移印花这一绿色环保项目，有了长足进展。2012 年在"中国纺织之光"科技进步一等奖的名单上榜上有名，这荣誉的背后浸透着王衍筑的汗水，也饱含着王氏家族的希望。虽然他已投入研发经费 3000 多万元，他认为也是可承受的。

转年到了 2012 年，经济新常态的形势初露端倪，在大风大浪中闯荡的王衍筑首当其冲地遇到点棘手的事情，涉足投资的房地产投入资金如泥牛入海，又祸不单行，给另外一个子女搞煤炭生意的资金又被人坑了一把，还有信誓旦旦答应支持冷转移印花项目的金融单位有点翻脸，此时四面楚歌，资金捉襟见肘。说实话，当时有人劝王衍筑回头是岸，但做事以坚持为准则的他，却割舍不掉对冷转移印花项目的热爱。他说，这项目像初生的儿子，难以放弃。这中间广东的合作伙伴伸出援助的手，化解了燃眉之急，如果这时候王衍筑回头也为时不晚。但是，他视而不见误判了形势。天有不测风云，转眼到了 2014 年，一个盖奇联保的企业因经营不善倒闭，银行把王衍筑告上法庭，法院冻结了他的锦尚工业区 A、B、C 三幢厂房，让王衍筑难解的是银行贷款的 2 亿元的利息又到期，刚性的政策无半点松动余地。一方面为其他企业担保要付出代价，一方面冷转移印花项目由于新常态经济的到来市场出现波动，双面夹击，让王衍筑难以招架，这才叫"屋漏偏逢连夜雨"，巨大的心理压力让他坐卧不宁，他真的有点招架不住了。

对明天，他满怀信心

王衍筑的困难，金融部门的"釜底抽薪"，让政府领导看在眼里，急在心上。为化解王衍筑的燃眉之急，泉州市和石狮市两级政府想方设法为他解围。得知在今年王衍筑 300 多工人两个月没开支，为维稳，石狮市开先河把王衍筑没使用的 50 亩地原价收回，1900 万元当月到账，一部分给工人开支，另一部分还银行利息。石狮市政府还协调房产登记部门配合做好盖奇被冻结抵押物解押。王衍筑是一个顾及脸面的人，为尽快还清债务，他把他在上海的 819 平方米的独楼抵押给银行，并积极出售。他说，欠人家钱的滋味难受啊，生不如死。靠人不如靠己，他想方设法自救，细数自己的家底，通过评估总资产抵金融单位债务仍有 1/3 的盈余，这些是他多年的积累，也足以支撑他和家人的生计。然而淡出江湖不是他的秉性，为自救，他的儿媳黄莎莉已杀出一条出路，挂牌在厦门成立了设计公司，发挥其特长，目前小试牛刀，成绩斐然。生产 T 恤的订单也接踵而来，生产、销售在平稳中运行着。让他欣慰的是中国纺织工业联合会的领导时不时打来电话给他出主意、想办法。其实冷转移印花距成功只剩"临门一脚"，盖奇研发双面印花获得成功，更令人可喜的是冷转移印花的成本大幅度下降，已临近传统的印染成本。科学试验证明，他的双面印花比传统的平网印花节省 50% 能耗，省水 60%，COD 排放降低 2/3，比热转移印花节能 40%。好消息接二连三，目前七匹狼、劲霸等大品牌已经开始使用王衍筑的冷转移印花布料，而计刘皮等设计师大咖也在互联网建立专栏。

望着慈祥善良的王衍筑，我难以平静。许多年来，王衍筑一直是慈善者，他帮助许许多多的人解围，也帮助了许多企业走出困境。走入王衍筑的办公室，那一枚枚奖章、一张张奖状映入眼帘，每一个奖章后面都有说不完的故事。20 多年，得益于他的企业老板不计其数，得到他资金帮助的学生、敬老院更是数不胜数，他辉煌的业绩在业内可圈可点。正是他奉献，才会有诸如中国纺织业劳动模范、优秀企业家等诸多荣誉。

他坚信人生的守则"路在人走，业在人创"。他充满正能量地说："红塔集团的褚时健二次创业 80 岁，我要做中国纺织的褚时健。"中国纺织的褚时健掷地有声，我们期待。

人生规律是不二法则

在北漂的路上，我不能不提到的一个人——安徽的企业家华冠雄。

他是与吉林化纤董事长付万才齐名，同一时代的企业家。在他任职期间，创造了一个国有棉纺厂20年不亏损的业绩，也走出了一条在不发达的地区，国有企业生存、发展的路子。因此，他曾被当地提拔当过主管工业的副市长。可不知为什么，他辞去政府的官，又回到企业。

这个人个子很高，炯炯有神的眼睛，长寿眉，白净的长脸，不胖，走起路来年轻人都跟不上。他喜欢打乒乓球，喜欢思考，勤于动脑筋。认识他很早，开会常常碰得到。

他的许多治厂观点都是超前的，而且经实践验证是可行的。他人很精明，也很聪明，刚到杂志社时我曾去企业采访过他，文章的题目是《×××执笔写春秋》，看过文章后他表示同意发表，但宣传企业的广告他却没有说行，但也没说不行。

他压根没有花钱作宣传的思路，无论是《人民日报》《新华社》，还是中央电视台的宣传，从没付过费用。闯江湖伊始，没有广告费对我是个大问题。但是，他微笑着叫我找副总，副总很愉快地接待我，因为和副总也算老朋友了。他说，我的权限是2万元，那么，就2万吧，我乐呵呵地拿走了2万元。

后来我了解到这是他特意为我破的例，他是为我创业铺路。

记忆最深的一件事发生在2006年的4月。

那是行业协会的年会，他作为副理事长要在会上发言，我听说后特意找个车去机场，把他和他秘书接到宾馆。第二天8点吃早饭，我7点多便到了宾馆，刚进门便接到他秘书的电话，电话中说他昨晚失眠咳嗽。我过去当过医院的药剂员，深知咳嗽是由失眠引起的，要服用消炎药才行，而北京的药店不卖消炎药，我俩打的士便往朝阳区的小区卫生所走。药开了一堆，正打的士返回宾馆时秘书的手机响了，是省纺织协会的会长打来的，电话传来急促声音说老板晕倒了，正在会场抢救。

当我们跑到会场时，一堆人围着他，躺在地上的他脸色煞白，一

声不吭，嘴里鼻腔往外流血，地上一大摊血已凝固。有人打 120 救护车，也有人拿出"速效救心丸"，我见状忙说："都别动等医生来，他没有心脏病。"说完，我泪水禁不住流淌下来，跑到一个会议室的角落，给企业副总打电话，我一个劲儿地催他们说："你们快来，快来呀。"

对方问了病情说，我们马上出发。

这时 120 的救护车来了两名医生。他们先是量血压后又做了心电图，众人把他往救护车上抬。秘书问："小谢，咱上哪个医院？"

我大声说："要去最好的医院，找最好的医生。"接着泪水把眼睛都遮住了，我是怕他有闪失，毕竟他已是 66 岁的人了。省协会会长见我这样，便劝我说："小谢别哭，他死不了。"

秘书当时也吓傻了，到了医院，有人塞给我 3000 元，叫我负责挂号和找医生。我们去的是北京大学第三医院。

整个过程中他紧闭着眼睛，一句话也没有。在要去检查时，我说先做 CT，从脑袋开始，再查胸和其他。结果，我们把他往脑 CT 的地方推时，他头一偏，一大口又腥又浓又黑的血水喷了出来。见状，医生也没了主意，马上又推回急诊室抢救。

我忙给他收拾呕吐物，帮他脱了被血水渗透的衬衫。他断断续续地问我："小谢，这次怎么这么厉害？"

我立即回答："别怕，没事，化验单出来了，都正常。"

他在来北京开会之前进行了彻底的体检，奇怪的是他连血脂、血压都正常，他的母亲90多岁了，身板也还好，他说，家里有长寿基因的关系，也许这是对的。

只见一个又一个医生穿梭在急诊抢救室，一会儿内科一会儿脑科的，不断有人来，不断有新的报告，一直折腾了两个多小时，仍没有明确的诊断。

我问一个医生，病人到底什么病？

他说，排除不了胃出血，我过去在医院混过几年，马上否认："胃出血的血是黑色的？不太可能。"

后来，CT和其他检查都做完了，医生要照鼻腔，我说，先查内科吧，外科排后。其实，这是我最大的错，后来查实，从口腔、鼻腔喷出的血就是鼻子在摔倒后粉碎性骨折所致。

他是在第二天住上高干病房的，我不知道，到了急诊抢救室，推门见他的床是空的，脑子马上一片空白，心想完了，人死了。我忙四处打听，并给他秘书打电话，电话通了，他告诉我昨晚转房间了，当时给我打电话我关机了。

虚惊一场，我马上去见他，见他脸肿得变了形，但精神还好，他家人也到了，公司的领导也来了。

他在京住了10天，就要去上海静养了，临行前，他对我真诚地说："小谢，谢谢。"

人的生命是有限的，是不是说多大年纪干多大年纪应该干的事比较合适呢？我不知道。

吴宗君与他的汉麻情结

认识他是在国际棉纺织论坛上，那次会议在广东清远召开，会后安排了参观。他亮出长枪短炮，把所有参会记者的照相机都比下去了。这时，他进入我的视线。乍一看，吴宗君身材伟岸，健壮如牛，敦敦实实的好像半截铁塔。眼睛特别大，眉毛又黑又粗。最显著的是耳廓分明，两只耳垂硕大，让所有人产生有福气的感觉。说起话来底气十足，接触中他向我描绘过去的经历。

他真的有福气，20世纪50年代生在义乌，耳濡目染义乌的商品经济大潮，见证和参与义乌的发展变迁。

作为小草，吴宗君从13岁就面朝黄土背朝天走进农田。但他很快洗去脚上的泥土，投入实体的行列，先是搞环保材料，有了收入，他的目光和志向也在攀升。2000年时一个机会被他抓住，他购买了中外合资的浙江义乌联发针织有限公司，自此，与纺织结缘。

吴宗君最突出的特点是干什么都着迷，就是平常人所说的钻牛角尖，打破常规就像他从娘胎中带来的，不安分为他的企业增添了竞争力。

针织行业印染是瓶颈，他从瓶颈入手，解决污水处理。"人巧不如家什妙。"这句话他理解很深。为从根本上解决"头疼医头，脚痛医脚"问题，他引进世界最先进的印染设备。排出的污水出口COD达到60，高于国家标准。污水处理池鱼儿畅游，成为当地环保的样板企业。

对新生事物敏锐是他企业长治久安的不二法则。木棉的试验打破了木棉不能纺纱的定论，还攻破木棉上色的难题。近几年他又把研发的目光投向汉麻。汉麻的抑菌性是他兴趣所在，经过近6年的研发，成功开发了汉麻系列产品。"千里之行，始于足下。"汉麻袜子和鞋垫是对足部最好的呵护，而汉麻短裤，男女适宜，具有较好的保护作用。对孩子皮肤绿色的婴儿衫，夏天的汉麻凉席，无不体现他细致入微的内涵。

吴宗君把他的这些产品送给国旗班，成为护旗战士的新宠。

吴宗君的经历告诉人们，企业不一定做大，做强才是迎接市场挑战的选择。行业多几个吴宗君的话，那才是我们希望看到的呢。

永远消逝的"热线"

2015 年 12 月 24 日，虽是平安夜，却并不平安，噩耗是从云南保山传来的。23 日下班，收到一则消息，得知保山工贸园副主任罗汪福因病去世，享年 51 岁。

认识罗汪福是在 2013 年年初，虽然北方冰雪覆盖，然而四季如春的云南保山却是暖融融的。我们是为深圳一家服装企业落户保山而来，罗汪福是保山工贸园联系的第一人。自此之后，在长达两年又十一个月的交往中几乎每周都会接到罗的电话，正是这种"热线"，他完成了山东恒丰集团和天津纺织控股公司的战略转移，也寻找到许多新的转移信息。他闯福建、下浙江、进上海、赴广州，深圳一家叫中豪的鞋业老板陈小鸣，多次到保山考察，临门一脚时犹犹豫豫，谈判谈得很艰苦，在僵持不下的白热化时候，罗汪福出面，他从企业的角度出发说服人。老板的投资是要压上身家性命的，他举个例子说，在深圳如果是吃两个菜的水平，到保山不仅是两个菜也要有一壶酒的水平，人家能来就好，老板的转移不是学雷锋。陈小鸣入住保山，电力问题拖了两个月没有结果，罗汪福吃不香睡不实，反复协商，多方奔走，直到完全解决。正是他的"服务没二话",让山东恒丰集团的苏建军理事长见到了转移的希望,2015年4月考察,5月签约并动工,12月投产,一个30万锭的纺织项目一期投资5亿的保山恒丰纺织落地。长久的接触,罗汪福成为保山的招商形象,南来北往的投资人慕名而至。有朋友介绍,他永远是笑盈盈的面孔,客人提出所有要求都会有满意的结果。保山是中国出名的玛瑙产地,当有人有要求时他会礼貌地介绍几家珠宝行,自己则跑到外面晒太阳,从不掺进意见,怕误导消费者。有一次,陪几位老板到腾冲,一位老板在一块心仪的玉石前挪不动步,罗不动声色地观望,等商定价格成交后,他也要买,遭老板拒绝。由此可见,罗汪福的为人是多么坦荡。

天津纺织控股公司的吕增仁不会忘记,在他去年到保山看一看的时候,吃饭时偶然说出爱人心脏不太好的信息。说者无心听者有意,在他回天津的第二个礼拜天,收到来自保山的快递邮件,打开是两瓶"三七"粉,寄件人正是罗汪福。

2015年11月12日他去福建晋江,三天的时间排得很挤,第四天他提出要到晋江的英林镇拜访"柒牌"服装公司。晚上,他觉得不舒服,顿顿吃海鲜,让他这位吃蔬菜为主的云南人水土不服,先是拉肚子,后来是腹泻不止。从他发白的脸色看是有情况,决定取消这次对接,他勉强同意。第二天,他又说来一次不容易,约上老板更难,还是不要爽约为好。在"柒牌"老板办公室谈话的半个多小时,他出去上厕所两次,就这样,他还坚持介绍保山的投资环境,一点儿也没松懈过。

就在2015年12月20日接到罗的电话,电话中说,他要在下个月去广州拜访企业,还说想抽时间陪老伴儿到北京看看,听说北京的记者生病还要代表他去探望,诸多的遗憾让人难以忘怀。

他常对我说,"对上不顶,对下不压,中间不摩擦"是他工作的不二法则,正因为如此,年轻人喜欢他,领导离不开他,群众拥戴他,和他共同工作的范志敏局长哭诉着他对年轻人培养的故事,在小范遇到困难时，每每都是罗主任化解。他的同事叶芳副主任听到噩耗，提早从外地赶回，夜不能寐，络绎不绝的人们三三两两奔向他的家，为的是多看一眼同事、朋友罗汪福。好人，一路走好！

像老罗那样做人，也许是我一生的艰难努力。

余钢和竹纤维有故事

一种新的纺织原料问世，一定有 N 个追随者，在朦胧中探索前行，去寻找属于自己的市场价值，在这且行且考验前，有落伍的，成了先烈；也有坚持坚定坚守的，那是先驱。上海人余钢是后者。

1999 年春季，我陪吉林化纤集团董事长付万才来北京办事，住在美术馆附近的华侨大厦，时任河北吉藁化纤公司总经理朱长生神秘兮兮地送我一个白色背心，拿在手里沉甸甸的，他告诉我这不是普通的背心，竹子做的。我半信半疑，只见过竹凉席、竹椅子、竹筷子，真没听说过竹衣服呢！

河北省吉藁化纤公司是吉林化纤集团的子公司，主要生产纺织原料。因为河北是棉花产地，棉短绒是原料，20 世纪 80 年代初在那疙瘩办厂，到了 90 年代，原料市场发生了变化，河北省棉花种植面积突然锐减，吉藁化纤常常等米下锅。朱长生不知是动了哪根筋，尝试用竹代替棉短绒，寻思着也是有一定道理，有病乱投医。七鼓捣八鼓捣还真有突破，用来自四川的慈竹，还有一点顺利。

那时候余钢从部队复员回到上海，他有一爱好，那就是喜欢竹子，达到如醉如痴的地步，家里收藏着琳琅满目的竹制品，各式竹笔筒，竹工艺品摆件，像是各军种兵种分布在十几平方米的陋室。回家不吃不喝，先到布满竹的世界观赏，他挂在嘴边的话是："宁可食无肉，不

宁可食无肉

可室无竹无肉

使人瘦无竹使

人俗

自嘅自乜

休闲人

　　那时候余钢从部队复员回到上海，他有一爱好，那就是喜欢竹子，达到如醉如痴的地步，家里收藏着琳琅满目的竹制品，各式竹笔筒，竹工艺品摆件，像是各军种兵种分布在十几平方米的陋室。回家不吃不喝，先到布满竹的世界观赏，他挂在嘴边的话是："宁可食无肉，不可室无竹，无肉使人瘦，无竹使人俗。"他对新生事物有点着魔，喜欢问十万个为什么。

可室无竹，无肉使人瘦，无竹使人俗。"他对新生事物有点着魔，喜欢问十万个为什么。

2000年冬季，他在报纸上看到有竹纤维的一个"豆腐块"报道，便拿着鸡毛当令箭似的辞去了工作，跑到吉藁化纤公司和朱长生彻夜长谈，俩人还一拍即合，余钢拿到市场销售权。其实朱长生对市场心里没有底，有人给他开拓市场可望不可求呢。余钢先下手为强的底线是他哥支持他，借钱20万元，承诺输了不还，赢了要还本加利。

在余钢闯市场的第二年，我在上海宫宵大厦和他见面，那是苏州河结冰季节，我平生第一次闯上海滩。上海天气怪怪的，在外面不觉得冷，在室内冻得哆嗦，搞竹纤维市场开发的余钢也和天气一样，心在哆嗦。他带着有关竹纤维资料参加多个展览会，像是撒传单似地发放资料，无人问津。许多人认为，竹子做纺织服装那是天方夜谭，还有人诧异地瞅着他，打量着他的眼神都异样。我曾陪着他跑了几个知名的企业，人家客客气气地倾听，却是石沉大海式的默默无语，都没下文，光举杯不握手，没有人敢第一个吃螃蟹。余钢外援的20万元本钱捉襟见肘，拼凑几个人组合的"上海天竹公司"，人如走马灯似的常换面孔，余钢无名火随时都可能爆发。公司里坚定地跟余钢并相信他的只有一个人，那是刚刚大学毕业的一名学生，学的是外贸专业，操一口流利的英语，集文静优雅气质，睿智机敏于一身。她在余钢最困难绝望无助时没有放弃，柳暗花明，经过她的努力，国外传来喜讯，日本人拿到竹纤维样品，试验出了竹纤维有抑菌作用。拿到检测报告，余钢欣喜若狂，这意味着为竹纤维指明方向。

家纺针织行业发展，坚冰已破，余钢顺势而为。竹纤维毛巾批量上市，市场需求急剧上升；竹纤维袜子进入流通领域，很多企业跟风；竹纤维内裤内衣，成为针织聚集地主打产品之一。在余钢和一批企业家的坚持下，竹纤维风靡市场。值得一提的是余钢打开了国外竹纤维市场，成了竹纤维国际市场的主推手之一。阳光总在风雨后，余钢取得了成功，在2009年他成为中国竹纤维十大突出贡献人物之一。

十九年，我见证了余钢在竹纤维领域的发展之路，如今他虽日理万机，但只要打电话说我到上海出差，他第一句话就是"把航班号发我"，第二句则是"接你……"

你的未来谁也没有想到

2008年，一个朋友告诉我，老吴病了，是肺癌，我有些不敢相信，因为在不久前老吴还给我发过一条问候的短信。

老吴是我在吉林市时结交的朋友，他那时给吉林一位老总装修房子，我作为老总的秘书跑前跑后，和他接触多了也熟了。

听到老吴病倒的消息，我急匆匆赶到了他住的吉化第二医院，推开二楼8号病房，见到他歪歪扭扭躺在病床上，第一印象是吓人。往日的威严和咄咄逼人的风采荡然无存，两只昏暗的眼睛瞳孔凝固，散发出的光淡化着周边的空气，嘴角微微颤动，让人知道他在说话，但是半句也听不清，他爱人小周在旁边问："是不是要起来？"

小周把他扶起，裤子却湿了一大片，又是换尿不湿，又是换褥垫子。还没看清他的表情，头已垂下，小周忙又扶他躺下。小周告诉我，9月老吴开始吐血，医生诊断为支气管扩张，用了不少消炎药仍不见起色。医生看X光片说他肺部好像有阴影，又是用消炎药依然没有什么起色，这才到大医院问诊。来到上海，他买了本关于肺癌的书。他对小周说："我得肺癌了，因为每个症状都和书上说的对上了。"小周说胡说八道，结果医生诊断不仅是肺癌，而且是肺癌晚期。以后的日子病情发展得比医生预料的快得多，不到两个月便卧床不起、不吃不喝、不会说话了。望着他痛苦的样子，我心如刀绞。这个人比我还小一岁呢。

他是个性急的人，在装修房子过程中，因一工人动作慢了点，开口便骂，不说"他妈的"就不会说话。他也是个幽默的人，在询问工作进展时，对方说出许多个进度慢的理由，他便说："我想给你起个外国名，叫你墨索里尼吧，总是有理……"

我们在一起谈得愉快，他极关心我的前途，也希望我能有出头之日，还设计了如何巴结领导的几条路径。比如他叫我接近和领导关系好的干部，并告诫"不跑不送，原地不动；光跑不送，异地任用；又跑又送，提拔重用"的方式，而我是木鱼的脑袋不开窍，对他的指点也只有听之而已。在我的老板退休后，我计划前往北京闯荡。为保密起见，我只和老吴讨论过去留，他的意见是让我到市内谋个位子，理由是要管企业的，风风光光地离开，可我实在没那个能力，也就赴京来漂流了，走时他和全家请我吃饭。

这个人够哥们儿，让我铭记在心的是，在过去没有经济往来，以后也绝不可能有的情况下，为我装修了70多平方米的毛坯房。当我告别吉林时，老婆开诊所购了一处一楼的住房，装修成了越不过去的坎，我搜肠刮肚想不出招来，硬着头皮找到老吴，他满口答应。在一个月内从卫生间到厨房，从地面砖到门窗，办了一个交钥匙工程，这期间所涉及的一砖一瓦我都没问过，而且把我给他的两万元钱摔在我脸上，吼道："你少来这套，朋友要不要交？"在2004年秋天他来京办事，其实是看病。协和医院化验了各项指标，用了最先进的CT诊疗，以及所有国内目前最好的设备，诊断仍是不清不楚。我戏言："你小子装病。"结果在我家住了一个月后，带着浑身的酸疼又回到吉林。最后一次见面是今年五月，他领我参观他装修的饭店，品尝黄瓜烧土豆片的拿手菜，告诉我如何将新鲜的黄瓜脱水的绝招儿，并规划年创利50万元的蓝图。他语重心长地说，以后咱们老了，你回吉林，哥俩儿在一起唠唠嗑儿，也是件快活的事。

老吴，你心好狠，把说过的话当耳旁风，你要走了，让我以后的岁月少了一个唠嗑的人，况且你女儿还在大学读书，你扔下她，她咋办呢，想想这一切，我陷入无法自拔的悲凉……

幸福是一个抽象概念，从来不是一个事实。相反，痛苦和不幸却常常具有事实的坚硬性。

人是数字 1，而钱财是零，没有 1 哪有零哟，保护好自己这个 1 才是明智的。

企业为什么喜欢蔡小平

与蔡小平相识在 2014 年秋天，山东恒丰纺织集团有一项产业转移项目，工期紧，要求高。项目开工，设计先行，负责设计的单位由于某种原因工期受到影响。这时，蔡小平出现了。

蔡小平是山东省纺织设计院院长，个子不高，操一口褪色的津腔。两只炯炯有神的眼神告诉人们，这是个睿智的中年男人。他快人快语，轻车熟路，很快就把前期图纸搞定。据恒丰纺织公司的老板讲，他们已经合作五年有余，而且成了紧密型的兄弟单位。

还有一个让人铭记在心的事儿，那是 2016 年乍暖还寒的时节，朋友介绍一纺织企业，令我去咨询一下，高铁下车到邯郸站。那赵老板在讲话中告诉我，该企业的设计来自甲级专业设计院——山东省纺织设计院，我问他认识蔡院长么，赵老板立即拨通了蔡小平电话，电话里传来蔡小平爽朗的语音。放下电话，赵老板告诉我："院长马上到。"

我云里雾里，从济南到邯郸，高速公路要 180 公里，且当时已下午 6 点左右，结果晚上 9 点蔡小平风尘仆仆出现在企业。司机小徐说，刚进高速路碰见一车祸，他示意蔡院掉头回去。蔡院坚定地说，人家等着呢，诚信第一。其实，赵老板也没想到蔡小平如此，让人始料未及。

见面后蔡院长详细听了企业情况，并且利用自身资源给企业对接下游的客户。

后来我了解到，这位生在海河，长在天津，受过专业高等教育的蔡小平，曾在山东省纺织厅任职，又下海办过公司，在市场经济的大潮中搏击风浪，练就了敏锐的观察力和诚信的品格。2010年走上山东省纺织设计院的主要领导岗位，克难求进，愣是力挽狂澜，让一个负债、上访的濒临倒闭单位走上良性循环的轨道。让许多人叹为观止。

"企业的事，马上办。"这种快速反应和服务永无止境的作风，正是蔡小平成功的真谛所在。

苏建军为了什么

有人说山东人苏建军长了个温州人的脑袋，他的思维模式开启了他异军突起的成功之路。

现在正值壮年，二十几年前苏建军中专毕业，走进山东一家国营企业，很快被提拔到车间主任位置。那时候与其他人不一样的是，他除了业务娴熟外，身边还聚集了大量听他指挥的兄弟，领导才能的体现往往在实践中产生影响力，他之所以有人缘，来自于他的豪气。

那个时候都没有多少钱，但是车间兄弟们一起聚餐，不要考虑，买单的百分之一百是苏建军。钱散人聚、钱聚人散，谁家有困难，发生突发事件，他没二话，第一个到达。

也许就是这种习惯，让他成了"脖子上挂帅旗"的一呼百应的群众首领，这种厚重的底蕴一有市场，就如干柴遇到烈火，这个烈火机会来得很及时。有句话叫"机遇是留给有准备的人的"，改变他命运的是在原国有企业的分灶吃饭政策下，他拉杆旗帜另立山头，成为拥有自己队伍的老板。对于未来他早已成竹在胸，蓄势待发。这种有准备是他练了三年兵的结果。那个时候，流行于社会的叫"星期六工程师"，距离他企业百里左右是纺织私有企业集中的滨州市，有个周姓老板在他指导下淘到了第一桶金，他也在实践中检验了自己的管理才能，小试牛刀的苏建军始终认为路在人走、业在人创、事在人为。

一起下海的同事老罗告诉我，老苏的威信建立在他对许多问题的远见卓识之上，有许多问题，在班子成员大多数不同意的情况下，他坚持，实践证明是正确的。一次大家半信半疑，两次不再怀疑，三次深信不疑。他的创业模式与众不同，他采取理事会的制度，理事长只管一把手，下面20几个子公司，人、财、物独立运作，享有很高自主权。他把资金管理作为投资战略合作的重要组成部分，吸纳了大量的社会资本参与。香港特区一个投资者梁女士共参加苏建军四个项目，成为四个企业股东，笔者问她为什么？她说其实只是投资一个企业，另外三个是分红所得再投入，目前投资理财不是想象的那样，但投资苏总企业放心。

审视苏建军的管理，发现一个现象，他们销售员多，研发部门人数多。在世界纺织产品绝对过剩的今天，什么最重要，他认为市场有多大企业就可以做多大，他的销售员不仅仅销售自己的产品，还可以扩大外延。山东境内一个企业生产高支纱线，由于销售不畅很难生存，当产品交给恒丰后，很快正常运转。在研发产品的过程中，他们建立了院士工作站，凡是新产品都会关心关注，新产品开发为企业长远发展提供了更加安全的保障，也成为企业扩张的基石。

苏建军的行业威信来自他的诚信。2003年，在考察中西部产业转移项目，正准备签署协议时发生变故，他果断放弃投资，但是事后不久又改变决定。他说，我已经口头答应人家了，就要一个唾沫一个钉。去年账面显示，在全国纺织同比增长5.2%的情况下，他们增加49%。他如一匹黑马，不断扩大扩张，后续队伍不断壮大，在产业结构调整中布局。新疆投资小试牛刀，又向纵深推进；云南保山一期投产，二期工程紧锣密鼓；四川屏山一期建设项目投产，二期工程破土动工；宁夏发散布营，石嘴山打了个桩又挥师利通，利通形成产业链基地，又在青铜峡画了一个圈；他依托中西部地区战略转移的机会，快上大干，不断刷新恒丰速度纪录，从7万锭起家，到总量150万锭规模，跻身行业20强，让同行叹为观止。

苏建军的模式可圈可点，苏家人的骄傲，山东人的骄傲，中国纺织人的骄傲。

马驰改变了什么

虽然每一个企业家都有自己的手段闯市场，就如电影里的那句经典台词，"各庄的地道都有自己的高招"。然而马驰的招法与众不同，他除了具有所有成功企业家的素质外，又有独到之处。

马驰何许人也，在纺织行业企业家当中属于年龄不大不小之列，和老一代的改革开放企业家相比，他不足半百的年龄委实不大，和创二代企业家相比，他是叔叔辈或者大哥哥。

马驰创业不足十年，回忆创业史，他称之为逼上梁山，了解他的人首肯这个说法。那个时候社会上流行个顺口溜，"炒房炒成房东，炒股炒成股东，找小姐成了老公"，他是炒产品炒成老板，他倒腾纺机产品，结果货到手下家不要了，产品放在租用的仓库，每天要交房租，看着就闹心。闹心的事要有解决办法，就如过河要解决船和桥一样，他选择了船，自己租房子租设备，找到几个退休老头和刚刚走出中学校门又迈不进高中的学生，拢共只有十几个人，七八条枪，走到创业路上。

这种模式在现实也是个创意，不走寻常路，是马驰血液中流淌出来的。他毕业于纺织高等院校，在学校时别人琢磨学习，他每天大部分时间泡在球场上。毕业后先是搞计划又是搞外贸，能挣会花，很多时间泡在茶馆和足疗馆，正当他洋洋得意的时候，发生的地震让他血本无归。马驰属乐天派，所有的事情都是自己扛，所有创业者的故事大都用苦水浇灌，马驰却与众不同，创业的艰难似乎与他擦肩而过，究其原因是他看得准确。先有鸡还是先有蛋呢？他是先有个蛋，再有更多的蛋，才想鸡的事。人家创业先盖厂房后购买设备，马驰不盖厂房，不买设备，租赁厂房，租赁设备，使创业成本降低到极点。另外，他是签合同订单到了，人家预付费汇到，他用预付定金去购买零件，组装后发货，第二批订单又是如法炮制，用时髦词是"借船出海"。

说起来像是很容易，他的秘笈在哪里呢？马驰一语道破天机，他说，主要是零件质量和安装质量。那个时候纺机设备厂萝卜快了不洗泥，设备常出现维修纠纷，业内口碑最重要，而他的质量保证体系是一流的。

还有一个杀手锏，就是有一点知识产权的核心竞争力在里面。马驰大学同学都是学纺机的，有几个铁哥们儿在国营纺机大厂搞技术，马驰不定期请他们吃饭、喝茶，从吃喝中了解到大量的信息。马驰整合资源能力强，信息叠加便变成创新，他的创新保持良好的可塑性和实践性，名气不断地提高。名气大他也不建厂也不贷款，他绑定发展前景好的棉纺企业，山东恒丰纺织公司就是他的合作伙伴。他进入恒丰是有原因的，他认为恒丰是潜力股，恒丰从一个7万锭规模的企业十年扩张到150万锭，企业有一个主要设备叫精梳机，都是马驰提供的，马驰也从名不见经传的小厂发展成为知名的企业。

他还有十几个发明专利，有一项研究成果成为行业科技发明一等奖。马驰不断突破传统思维方式，去年他搞个托管设备维修小分队。从企业管理角度出发，传统的做法每一个企业都会有维修工，这些工人大修设备时忙得不亦乐乎，老板因影响订单交货期急得团团转，而平时他们没有大事除了喝茶聊天就是全体"葛优躺"。这个商机让马驰看到，他组织一伙设备工程师，为多家企业提供服务，根据活儿的量确定价格，配套设施是三人一个崭新帕萨特轿车。他的托管成了业界典范。不消停的他又要整合纺机产业链的营销队伍，从为一个企业服务到为产业链条几个企业共同服务。

你说，身材伟岸的河南人马驰是不是很追求细节？他的成功是不是不断整合资源的产物、颠覆正常思维的结果？

自行车推出一片羽绒天地的高德康

他是个天才，也是慈善家，更是叱咤风云的服装大咖，他是我国最出名的服装品牌——波司登的创始人高德康。如今，他成为服装界的创富神话。

高德康生长的年代正值改革开放的初期，作为一个生在农村长在农村的青年，他是个有梦想的人。那时如果有进城的机会，钻进城市，寻一份固定工作，守一个国有工厂，一直变老，是大多数人的想法。那时的企业从托儿所到火葬场都是大包大揽的。可是高德康不安分，他是贝多芬所说的，扼住命运喉咙的人。

在波司登的博物馆中，很瞩目的位置有一辆"金龙"牌自行车。20世纪50年代出生的人都知道，这种牌子的车最能载重，"金龙"牌又分大"金龙"和小"金龙"，高德康用的是大"金龙"。他抚摸着那辆已经旧得老掉牙的自行车，回忆的闸门顿时打开。

正是推着这辆自行车，他满世界走街串巷，收购鹅毛、鸭毛，换来羽绒服的原料。开始是收购再贩卖，赚中间差的辛苦钱，而后又开始办一个自己加工羽绒服的小厂，正是这个小厂如滚雪球似的做到今天羽绒服的"大哥大"位置。说到这，他苦笑着说，一不小心就搞大了。

搞大的波司登，高德康首先想到的是曾帮助和哺育他的乡亲和钟爱的土地，他为每户家乡人民都建起一栋别墅，让乡亲们感受并触摸到高德康的温暖。他注重企业文化建设，让员工们有一种归属感，他还有一个习惯，不忘老朋友。高德康是全国人大代表，我几乎每年四月都能收到高德康签名的人大开会的首日封。2009年，我得知福建龙峰纺织公司产品的下游是波司登，带龙峰纺织公司施天扶老总前去拜访，他亲自会见，并且与龙峰纺织公司建立了永久的客户关系。

我想，高德康的这种情怀，会让他走得更远，这也正是波司登品牌成为世界名牌的原因之一。

收藏白鹿原

对于我，今年有两则不幸的消息，一则是2月23日恩师张笑天在京去世；无独有偶，另一则是4月29日陈忠实老师驾鹤西去。前者是我加入吉林省作家协会的介绍人，后者是签名送书、题写字画的前辈，且都是古稀之年。

我曾在《咱们村》撰写《清明时节忆笑天》怀念恩师张笑天，今天，我将《收藏白鹿原》记录在案，表达我对忠实老师的追思之情。

与陈忠实相识是六年前，那是一个春天，关中大地新绿初上，西安市灞桥区建设纺织工业园项目，我陪中国纺织工业联合会领导去考察。陪我们的园区刘主任是土生土长的灞桥籍人，他指着不远处的山丘说："那里就是陈忠实家乡，《白鹿原》小说里的故事就在此上演，这个地方叫白鹿原。"

我是陈忠实的铁杆粉丝，听罢，我激动的心如滚滚春潮，不能平静。白鹿原，我曾梦想过的心灵圣地，远在天涯近在咫尺。我驻足凝望，坝上的白鹿原一片宁静，正值晌午，几户农户家烟囱冒着袅袅炊烟，依稀看到一群羊儿优哉游哉地低头啃草，有两只像是侦察兵似的，抬起头看着我们，当发现没危险因素时又去寻找属于自己的食物。我百思不得其解，这个情景再现怎么也想不起白鹿原的影子。

我清楚记得，读《白鹿原》是在20世纪90年代初的《当代》杂志上，那天晚上，从点灯时分熬到翌日清晨，废寝忘食如饥似渴一口气读完1/3，接着又熬两夜，揉着带血丝的眼睛，真替作者担心，把性描写得这么细腻还没见过呢，作者有点儿胆肥呢。看了作者是个陌生名字，叫陈忠实，这个名字记得很牢。

后来《白鹿原》获得了茅盾文学奖，我又一次拜读，细细忖思，得到另一个结论，原来这是描写中国现代史和革命史的佳作。纺织工业园区刘主任了解陈忠实如邻里，他描述说，陈老师人很随和，就像黄土高原一棵白杨树，虽饱经风霜雪雨，却刚毅、苍劲，他出身农家，他的作品代表着农民，他淡泊名利，一碗臊子面、一根老汗烟、一曲旧秦腔代表他的全部生活。

机会难得，我渴望见到忠实老师，想法提出来了，他答应很干脆，我却很忐忑。正当我翘首等待时，刘主任带来一好一坏的消息，坏消息是陈老师由于身体原因谢绝拜访，好消息是陈忠实老师听说我要拜访，为不让我失望，送我一本《白鹿原》和他的墨宝。我小心翼翼地翻开那精装版《白鹿原》，扉页醒目书写着他流利苍劲签名，并且盖着他的印章，那一天2010年5月5日也写在下方。手捧此书，我仿佛看到了他十年磨一剑，用七年时光奋笔疾书的苦与累，看到一代宗师传奇的人生和追求，他写给我的字是"怀若竹虚临曲水，气同兰静在春风"。

今天我把它找出来，凝望良久，无法排遣而又搅得人心神不宁的思念萦绕心中，陈忠实老师，今生今世我们无法见到，然而你那脍炙人口的作品将永远铭记，拜读您的作品则是对您最好的追忆，您送我的著作和墨宝将是我世代传承的财富，愿陈忠实老师安息，一路走好……

如果有机会去西安，我一定在您墓前拜祭您。

性格缺失的反思

在北漂的日子里不能不提的是刘煜，是他让我对谦虚有了更深理解。他是我在《纺织信息周刊》工作时的同事。2002年秋入职《纺织信息周刊》，当办公室主任和我一前一后跨入那个如《编辑部故事》场景的编辑部时，正在案头工作的几个人有的报以微笑，也有的伸出手。主任介绍说这位叫刘煜，我礼貌地把手伸出去，他却不理不睬，连屁股都没动一下，尴尬的我晾在那里，如果有地缝怕是要钻进去。

这小子什么背景，这么牛呢？据主任讲，他曾经过五关斩六将参加央视的选拔，还剩二选一时落选，另外一个是撒贝宁。当时考官据说是一大腕儿名人，说是很喜欢他，还有想法收他为徒弟。后来他落选，就职在《经济日报》工作两年，2002年初到《周刊》，北京户口，29岁。接触一下，刘煜的确有点傲气，有一次，我从楼下往楼上走，短兵相接，他愣是横刀立马，昂起头纹丝不动目视我。见状，我低头小心翼翼地走过，还好，我们不在一个办公室。否则……

突然，桌子上电话铃响，接电话，那边有些严肃地说："老谢，上来一趟。"听口气是刘煜，"怎么了？怎么了？"我忙问他，他稳如泰山坐在那里，我像见到老师的学生，他一边指着稿子，一边教训我："老谢，你会写文章吗？这么水，这么糙？"北京的话我的确不知道水或糙是什么意思，但是我知道不是什么好话。我很谦虚地把稿子拿过来仔细看了两遍，没有发现什么问题，凭直觉这孩子没事找茬，当时感觉他是鸡蛋里挑骨头，一股像火山喷发的脾气爆发了。当着大伙儿的面，咆哮着："什么问题？今天老子就要领教领教，小兔崽子，你穿开裆裤时老子就是省作家协会会员了。老子出版三本著作了，跟老子玩儿这小把戏，你还嫩着呢!"

我一气之下拽起他胳膊往戴红梅主编办公室拖，戴主编看了几遍，也认为没有问题。把刘煜一顿批评，并说："老谢是咱们请来的副主编，马上任命了。"不打不成交，这话不假，以后这小子痛改前非，老实得像个猫，凡是我写的稿子，连标点符号错了都不敢改呢。

夏季天气闷热，刘煜因为稿子的事与同事发生争执，坐在地上，情急之下将头撞到门框上，有点儿晕，一下没起来。送到医院我陪护到深夜，医生诊断为脑腔出血，原因是他血管狭窄，他"呼哧，呼哧"地倒了几口气一命呜呼。在他的葬礼上，戴说："可惜呀，连个女朋友都没有……"

我想了又想，睚眦必报也许不一定对呢。

河南籍的知心朋友

有一段时间个别人对河南人有成见，什么"十亿人九亿骗，河南人是教练，总部设在驻马店"。我不这么看，我周围的许多河南籍朋友都是挚友，李秀明就是其中之一。

李秀明长得脑袋有点猪样，肥头大耳，但是极其聪明，他任省纺织办公室主任多年，一直到现在还兼《中国纺织报》驻河南记者站记者。已经古稀之年，但看身体各个零件也就半百左右。

记得第一次见他是在 20 世纪 90 年代，那次各省记者站记者被召集到天涯海角开会。有 50 多号人，对李秀明印象不深，只知他获得个好新闻二等奖。散会时从湛江往广州出发是坐大巴士，当时人家的巴士都有卧铺，我还是第一次见到呢，谁知道旅途时间那么长，从早晨一直到下午还在路上漂呢，司机在一个前不着村后不着店的孤独房前刹车，像撵猪似的把大家赶下车。

我憋了一泡尿急等放出来，便第一个蹿下车，到处找厕所。正急得慌时，那李秀明年龄比我大，尿也比我急。他跑到路边便开始操作脱裤动作。说时迟，那时快，从树林里跑出了几个小伙子，手里拿着家伙儿，厉声断喝："不许随地大小便！"虽然他们的粤语普通话听起来难懂，但是肢体语言易懂。见状，李秀明吓得又提起裤子，两眼失意地望着几个小伙子，不敢怒也不敢言。这功夫我已经完成任务，回头见有人欺负同伙，又见几个小伙子身材不是太伟岸，便冲上去解围。和我一同冲上去的还有一位是陕西省的严家民，这小子也算汉子。那几个小毛贼样的人便把我们包围起来，这时哈尔滨市的张春泉也加入我们，他在路边捡了块石头。我们是三对四的阵势，我知道擒贼先擒王，必须把那个喊叫最欢的治服，不知哪来的勇气和胆量，便飞起脚要踢他的刀。谁知，没踢到刀。那小子后退两步，便要冲上来。张春泉见大事不妙，从兜里掏出工作证大小的东西喊到："别动，我是公安局的。"这句话太有震慑力。那几个毛贼一溜烟似的跑掉了。我问张春泉："你什么时候当警察了？"那小子呵呵一笑，掏出证件一看，只是普普通通的工作证。

这时，大家想起李秀明。在车厢内找到他时，裤内是湿的，我们全明白了。事后我问他，你太不够意思，哥们儿为你打架，你却逃之夭夭，他说："我去找武器了……"

我到北京后，曾去找过李秀明。那是 2003 年春天，我到郑州第三棉纺厂采访后。李秀明左拐右拐领我在一街头大排档吃烩面，河南人的当地特色。一大碗的烩面，东北人讲话浮溜浮溜的，辣酱辣得嘴麻酥酥的，趁热我狼吞虎咽。饭后，李秀明从兜里摸出两个硬币，一个一元，扔在桌子上，那硬币翻滚着被老板娘摁住。

后来又去郑州市多次，包括去有名的肖家烩面馆，怎么也吃不到李秀明那个味的面，你说，是什么原因呢？

任何时候保护自己最重要，也许是对的。

两个北京女孩

她们是我同事，一高一矮，都白都瘦，那高的叫黄娜，矮个子的叫杨扬。

2004 年秋天，我从外地出差回来，发现编辑部多了陌生面孔。井波告诉我是来实习的，实习生中有黄娜，据说他们都来自北京对外经济贸易大学，其实和我没一毛钱关系。

突然有一天，黄娜找到我，希望把她留下。我拟个题目叫她写篇文章，不到两个小时文章交上来了，文章的题目《上班第一天》。我是考她的观察能力，从文笔看还不错，就留下了。后来听说她是想留编辑部，那女总编没有相中，又找到我这个广告部头儿。

与黄娜相反，杨扬入职没那么复杂，一个朋友介绍，我连面都没见就拍胸脯："包在我身上，上班吧。"有点权力就是这么任性。

于是，两个北京女孩和我一个屋檐下工作了五个年头。

这两个孩子漂亮聪明，性格相反，指挥力强的是黄娜，杨杨也漂亮，但依附性强，杨扬比黄娜年龄大一点，但见到黄娜总是唯唯诺诺。

从不计较是她俩的特点，干多少活无所谓，给多少钱不在乎，有时算账回来我给黄娜一信封，装有"大团结"，她看都不看一边往兜里揣一边说谢谢。杨扬则不同，她认真当面数了又数，把钱递给我说："这是您的钱，我不要。"

到了谈婚论嫁的年龄，有几天发现黄娜脸色不对，常常发呆，直觉告诉我有情况，那就促膝长谈呗。她什么都没说，一直说："您别操心，我会处理好。"也罢，这年头儿和我那时"挖进篮子里就是菜"不同哟。

杨扬则不同，她妈妈曾打电话叫我给杨扬介绍男朋友，电话中说，一有工作她就搬出家门，什么也不叫问，都28岁大姑娘了。我这个人也经历过给人介绍对象的事，但十有八九泡汤。恰好有吉林老乡叫我帮忙，对方是男孩子，我帮她接上暗号。又过了一年，俩人跑到我家，告诉我说已结婚，这也成了我介绍对象历史上零的突破。

黄娜的结婚和儿子满月我都应邀参加了，见到她父母，热情的像八路军见到老百姓。原来她父亲和我同岁，他们一直念念不忘我对她孩子的帮助，其实不然，如果没有她们的帮助我也没有今天。

在外打工最难过的莫过生病，2005年牙疼数日，右腮肿得如拳头。杨扬见状领我到崇文门医院找到她爸爸，她爸是这里的口腔科医生，她爸立马找到牙医，接连去了三次，消肿保牙。去年同学会见面，许多同学满口假牙，还有豁牙露齿的，我暗自庆幸，还多亏了杨扬，否则我的牙被"根"治，哪有今天的原装牙好用？

如今，不在一个单位五年多了，常常有她们的消息，一则是黄娜又生第二胎了，提升为《周刊》办公室副主任了，另一则是杨扬养花成功，在"互联网+"上生意小有收成呢……

职场上的失意者

阿昌学会计专业，但是生不逢时，早早下岗在家。他人很本分，常常是蹲在马路牙子旁看别人赌博，而且很讲规矩，从不说一句闲话。比如两个人对弈，正在难解高低时，有人眼光斜他，想从他那里寻求解药，他只是呵呵一笑而已，从不掺和别人的胜与负。长期下去最难受的是妻子，虽然他骨瘦如柴，一米六五只有一百斤，也不讲究吃和穿，一件衣裳包春、秋、冬三个季节，一条裤子从套在腿上到"退休"，两年不洗一次，但是没有收入，很是"老大难"。

2000 年有一次机会，北京一位招待所长找到我，要找一个在企业干过的会计，吃住外每月两千元薪水，于是我推荐了他。他赴北京干本行日子过得还算顺利，结果半年不到那所长打电话告状。原来开会时所长令他查点所有空调数量，他对所长发火说："我不是勤杂工，不是我干的活。"所长在职工面前颜面扫地，问我怎么办，我说只有一个办法，辞掉他。

他卷铺盖又回到东北，他本人并不觉得怎么样，又重复往日的活动，每天照旧蹲在马路牙子上观看别人赌博。日子又划过一年，现在最急的不是他的妻子，是他妻子的爹爹，那老爷子东北大学毕业，张学良曾是他校长。他找到我说，"快给他找个活儿吧！整天在我眼前晃悠，我都要疯了。"

到北京打工后我有幸认识了晋江黄老板，黄老板专门制作沙滩裤出口。也是巧合，他刚刚辞退个会计，一拍即合。阿昌赴晋江，晋江虽然条件与中组部招待所有天壤之别，但也勉强能混饭吃，老板也是爽快人，过年回家往往飞来飞去，年底红包也不小，这样的日子也维持一阵子。可有一天，老板突然辞了他。

究其原因，他春节给老板发短信拜年，最后一句则是："你还欠我一个月工资呢。"当地有个习俗，春节要账一年不利。气的老板年都没过好，老板娘把他工资立马打到他银行卡上，发短信说："钱已寄，你被辞。"

今年秋天又见黄老板，在晋江的海岸线畔，他望着波涛汹涌的海浪，那海浪撞上岸边的礁石，溅起乳白色的浪花，又返回大海。谈到阿昌，他有些惋惜地说，"是个才子，美中不足的是不会说话呀！"

祸从口出，病从口入，就是如此吧。

莫言的老屋

莫言刚获得"诺贝尔"奖时，恰好我去高密出差，高密的经信局局长老王在日程中特意安排去莫言老家看看。

莫言的老屋与想象的有点距离，因为我也是农村出来的，乍一看，比我家阔多了，有五间房子呢，但不是很宽很大。据当地人讲，莫言的家人在20年前就搬到城里去了，在他没出名前这里一直是荒草遍地。院里种了点胡萝卜，被一些朝拜者血洗一空，那一排歪歪的杆子上不知谁挂幅歪歪的标语，标语上写的是莫言旧居在这里。很难找到高粱地，也无法在记忆中恢复那昔日莫言的红高粱场景。故居只是莫

言从孩童时到初中的所在地，年久失修的土房子有一块又一块的泥补丁，远远望去像是痔疮。屋里的陈旧家具被蜘蛛网包围，都是些不值钱的东西，破旧木桌和椅子覆盖着大钱厚的灰尘，离老房子直线距离50米左右有一条小河，小河的水被工业废水污染，全不见鸭子和鱼虾。小河上架起一石灰桥，那桥叫作太平桥，明眼人可见是新建的，因为水泥还是崭新的呢。莫言住的村子叫平安庄，如今不平静，我们去时仍有三三两两的人去凑热闹，附近还有老乡探头探脑，时隐时现，无非是看个热闹，乡下无地了，也算是一种娱乐活动呢。

据那县里的同志讲，高密要打造这一景点，要把那条大路改成莫言路，那桥叫莫言桥，重新修建旧居。我想大可不必，本来莫言就不姓莫，姓管，如重新建了住宅，便少了原汁原味，那还有什么意义呢。

我认识的院士姚穆

认识姚穆大多是参加许多会议，因为纺织行业的院士属"稀缺资源"，所以许多行业会议都会为有幸请到院士参加而窃喜。

和大多数院士一样，他们大多年龄偏大，到2015年姚穆院士85岁。中国有句话"有钱难买老来瘦"，见到他瘦的样子，让人心里难受。

那年秋天，江西一个企业要建院士工作站，请到他，见他还是老样子，很"经典"。我问他："多少斤?"他说："45斤。"我愕然，见我惊讶状，他补充说："45公斤，90斤。"

姚穆院士告诉我，现在大多时间在外地应付和处理许许多多的事，包括开各种会议。

他呢，背一个书包，着装也很随意，常常脚踏一双黑色的旅游鞋，并不是名牌，一条黑色棉布裤和夹克衫，头发全变银色了，但仍坚持在岗位上。最难能可贵的是耄耋的年龄，还在顾及别人。电梯到了，他发现同来的老师没到，会亲自到房间去找；吃饭也很随意，吃得很少，吃饱了并不离席，而是慈祥地目视别人喝酒；有人敬酒，他端起水杯也站起来致谢。

让人意想不到的是，到企业参观，许多人都跟不上他，他对工厂的熟悉程度就像一个车间主任。

在江西昌硕户外休闲用品公司，他仔细地观察着机器运转，认真询问着生产和产品情况。在讨论中他提出，机器的边缘螺丝脱落，要加强设备管理，精细化是产品价值最大化的重要一环。谈到纺织的形势，他侃侃而谈，对国际的纺织情况、国内的纺织产业发展趋势了如指掌，俨然是决策者在发言。

他头脑清楚，记忆力惊人，许多数据信手拈来，让人心悦诚服。

据说，他目前有 7 个院士工作站，每个工作站都有自己的研发团队，一丝不苟、全心全意地为企业和行业发展服务。

问到姚穆院士身体健康的原因，他想了想告诉我说："我年轻时是长跑运动员……"

身体是本钱，这话不假。

清明时节忆笑天

得知张笑天老师离世的消息正值 2016 年的清明节。那天，赴一个在昌平工作的文友之邀，他自己创办《咱们村》网络平台。吸引一些与白山水电站有关系的人参与，共同回忆那峥嵘岁月。在中午吃饭时闲谈，因为共同的爱好聚在《咱们村》平台。他突然问我："你是怎样成为吉林省作家协会会员的?"我不假思索地告诉他:"你知道张笑天吗?"他说很出名的大作家,我很骄傲地告诉他,我加入省作协,张笑天是介绍人,他时任吉林省作协会长。

这时我信手打开微信,当微信打开引擎搜索到"张笑天"三个字时,我惊呆了,那微信消息说张笑天于 2016 年 2 月 25 日在北京去世,时年 77 岁。顿时,脑海里有关笑天老师记忆的闸门打开,如奔腾的江水滔滔不绝。我认识笑天老师是 2000 年的春天,我在吉林化纤集团任秘书,当时正值吉林化纤集团董事长付万才被中央组织部命名为优秀的党员领导干部,全国开展向他学习的活动,由中央组织部牵头计划撰写电视剧《付万才》剧本,中共吉林省委派笑天老师写剧本,下来体验生活,我跟班。

记得第一次见笑天老师,印象最深的除了他聪明脑袋不长毛外,是他穿着一牛仔短裤,蓝色宽松款,他习惯性两手插裤兜里,不是我想象的名人样子。他十分谦和,也不口若悬河,在一起时有问必答。借这个机会我把自己写的小册子《随笔》拿给他看,他欣然接受。翌日,他说看完了,把书又还给我,那书里添加了他的勾勾描描,在他认为精彩内容部分画上粗粗的线。比如我这样描述我的姥姥:姥姥是旧社会的童养媳,裹着脚,每每见到来人,她先立定,再抬头,顺兜摸出看不出颜色的手帕,揉揉昏花流泪的眼睛,才说话。他指着这段说,你把农村的老太太形象一下立起来了,他还说,也许十年后吉林省又多了个写农民题材的作家。

那天开始后的一个礼拜,我们形影不离,讨论作品、确立主题,我甚至陪吃陪住,晚上他撵我回家,我舍不得离开他,黏着他讲自己不知道的一切。从交谈中我了解到,他的祖籍是山东省昌邑市,闯关东到了黑龙江延寿县。他 20 世纪 60 年代毕业于东北师大后就在吉林省工作,先是在电影制片厂,后来成了专职作家。我看过小说《雁鸣湖畔》,作者名字没有记得,他笑着说是他写的,他说"文化大革命"在《人民日报》上批判的《离离原上草》也是他写的,那时中央电视台正在热播的电视剧《太平天国》作者也是他，他说的这些我耳熟能详。他是多产作家，体验生活结束了，他约我去他家。一进门，映入眼帘的是书的海洋，三居室内，每一个室内都被书架包围着。他领我走进他的写作间，案头上叠着的稿纸有半米厚，他说，一般的规则是早餐前写一个小时，上午两个小时，午后睡觉到两点半左右，再两个小时写作。他边说边在书架上找书，有他写的《太平天国》，也有《往事钩沉》，他在每册书首页上题词签署他的名字，那题词是"立仁老弟惠存"，我见此，受宠若惊，忙说，"使不得，使不得。"他笑容可掬地把书放在我手里。告诉我，"我介绍你加入省作协。"

三天后，我正伏案写稿，文书小常跑过来，急促的呼吸听着就是急事。她说，"谢秘，省作协一个姓张的找你，电话在办公室。"电话里说他叫张顺富，是受张笑天主席委托了解情况的，并且要了我通信地址。不久我收到张顺富（时任作协办公室主任）寄来的登记表，那是吉林省作家协会会员申请表，张主任告诉我，一般申请会员半年一次，会议审议通过，要两名会员介绍和正式出版两本专著，因为你是笑天主席提名，我已经与其他班子成员沟通，很快发证给你。

我很快就收到了吉林省作家协会会员证书，再后来我到北京工作。2015年我得知张笑天老师在北京饭店开会，跑去见他，遗憾的是，他刚刚出去，但见到了已经是吉林省作协副主席的张顺富老师。向顺富老师问了笑天老师近况，顺富老师说，张老师很好，现在减肥了，比以前瘦了，身体很健康。

斯人驾鹤西去，他的声音仍在耳边响起，他说："我一直庆幸有一笔财富，这种财富不是金银珠宝，而是坎坷经历，人的一生是由无数曲折的链条组结的生命轨迹，我希望我能做到温不增华，寒不改叶，物我两忘，宠辱不惊……"现在我可以告慰九泉之下的笑天老师，您做到了，学生且行且争取。

性格决定人生格局

给浙江省华新实业老板沈建华写稿子有点儿难。

2004年，在对浙江濮院镇委领导的采访进行到尾声时，他要求我采访一下沈建华。摸起电话，一口流利的乡土语音，说些什么我丈二和尚摸不到头脑，但最后一句话有点儿听懂了，那句话是，"钞票嘛，两万好了。"

那时沈建华任华新公司董事长，本来计划见面采访后立马回京，预料不到的是，见面后就又留了下来，这一留便留了两天。沈建华善谈，他谈话你只有倾听的份儿，完全插不进话，他把每件事都从论理论证开始，说得头头是道。

在这两天里，我了解了他许许多多，他出身贫寒，自小辍学，给村里一位德高望重的木匠当学徒，这木匠曾带过三个徒弟，当带到沈建华时，被他的勤劳睿智打动，把小女儿嫁给了他，木匠成了老丈人。

学了一身木匠手艺可以单飞的沈建华，正值农村的厕所革命，这在一些木匠的眼里是又脏又挣不到大钱的活儿。沈建华不挑不拣，默默无闻地承担起来，这是他步入社会的第一桶金。

沈建华思想活跃是从骨子里埋下的种子。2000年刚刚开始，他抓住了一个机遇，他所在的浙江省洪合镇20世纪70年代开始织毛衫，数以千计的家庭都卷入织毛衫的洪流中，经过近30年的原始资本积累，大多数家庭都实现了小康。沈建华算了一笔账，除去流动资金，这些自然人兜里差不多有百万的积蓄，这批人大约300户。

自然人向法人的转变，是他为自己量身定制的项目。他瞄向镇里一块黄金地段，他的想法是为这些个体户建设集收单、加工、储运、生活为一体的独门独院的集群加工地。这个项目得到当地政府的支持，设计得到多数毛衫经销商的认可。138 幢商业地产在图纸上就被抢购一空，两年后全部入住，成为洪合镇一道靓丽的区域发展名片。因为沈建华的杰作，洪合镇被评为"中国毛衫名镇"。

兜里有了钱的沈建华在 2008 年挥师北上，在中国毛衫基地河北省清河县种下一枚种子，建设清河毛衫交易市场；在河北南宫又丢下一粒种子，建设南宫梳绒基地；这两个叠加效应的互补，让沈建华又一次走向成功的舞台。

向更高层次、更高目标迈进是他的不二选择。

他再次把目光聚焦与洪合镇一步之遥的濮院镇。2012 年的濮院已经形成较为成熟的毛纺织产业链的共同体，闻名遐迩的中国毛衫名镇，数以千计的企业汇集在此，形成强大的经济圈。

沈建华从熙熙攘攘的人流中寻找到了他的商机，建设升级的毛衫（国际）集散地，他从设计到成长学院的建立，从毛衫的原料到物流，打造毛衫时尚小镇，得到当地政府青睐。

如今的沈建华坐在他建设的咖啡屋与朋友小聚，一边切牛排一边抿口红酒，讨论规划下一步往何处走。

东长安街 12 号的老匡

当 2017 年年初东长安街 12 号院原驻单位搬迁时，最忙乎的当属收报刊换钱的老匡。为捞到最大一桶黄金，他把连襟从老家河北省遵化县调京，那连襟虎背熊腰车轴汉子，浑身迸发使不完的劲儿，老匡长得像个小鸡子，加之两个人一个头发如密林，一个秃头没毛锃亮，有些滑稽。

老匡何许人也？他乃是满清八旗后裔，祖先吃皇粮，驻守清东陵，守护祖宗灵魂。朝代更迭，轮到他没了俸禄，他骨子里流淌着衣来伸手、饭来张口的血脉，选择自食其力种地难，便窜到京城，在东长安街12号以收垃圾卖报纸为生。小鸡不尿尿自然有通道，这一行他干的很牢，时光荏苒，熬走三任会长。2002年我刚到东长安街12号时，走廊邂逅，他一手拽个塞满报纸、印有中国邮政的大口袋躲墙边，另一只手僵直地举过胸口呈半圆弧状，哈腰致敬，口口声声领导，活脱脱一个李莲英再现。他身边一个四五岁光头男孩，胆怯地望着行人，那个模样和老匡一个模子刻出来的，不用做DNA就知道是爷儿俩。他知名度很高，都晓得他叫老匡，跟谁都熟悉，男的无论高矮胖瘦，一律称"领导"，女的不管年龄大小、素颜浓妆统称"姐姐"。唯有我例外，有次他在电梯见只有我俩，他瞅着我没几撮毛的脑瓜，坏笑，冒出"您是我师傅"一句话。我摸了摸自己的头，再看一眼他剃得发了青的脑袋，说："按照标准，该叫你师傅。"他呢，顺水推舟，每每看到我，一句"徒弟"打发。正巧，当着众人面，他嬉皮笑脸叫我徒弟，被我上司赵秘书长撞到。机关无小事，赵严肃地批评我，成何体统？什么人都开玩笑。

一天，我刚把办公室门打开，一脚门里一脚门外，老匡便向我招手，他从大口袋里掏出一本书，做讨好状，神秘兮兮地问："有用吗？"我见是本外文书，信手翻了翻，除了阿拉伯数字，什么都不认识。正在愣神，同事赵志鹏来了，我乐了，他一定认识。小赵也是"蒙古大夫"，他煞有介事地研究半天，说，有个词"英哥里使"，是英语意思。正在难以破解之时，一个叫华珊的女孩路过，她扫一扫封面说《中国纺织企业名录》，我恍然大悟，问老匡："这一口袋多少钱？"他伸出两个手指，"200元？""20元"。我拽一下沉甸甸的口袋，纹丝不动。眉头一皱计上心来，我从兜里掏出30元钱塞给他说，我全要。老匡把那钱对着太阳光照了照，又用手轻轻揉揉，确定后拜拜。清点一下，共80本书，我和赵志鹏把那本书在上海纺织博览交易会上卖给一个黄头发黄眼睛老外，200美金，其余的都随行就市了。

2003 年，我在四惠地铁站附近买了个小房，没有家具，这事被老匡听到了，有天他窥视办公室发现没别人，招手示意我，他把我拽到墙角，手呈半圆弧状扒着我耳朵说，四楼走廊尽头有两个沙发，人家不要的，我领你看。我俩像鬼子进村，悄悄的摸到四楼，离远看那沙发还行，可以当床。我问，是不是人家暂时存放？他说，已经一个礼拜了，那办公室开律师事务所的，早搬了。我点点头，这沙发困难破解，但是新困难已经排队等候，协会在一环，我住东五环，10 多里路程。见到我面带难色，老匡眼睛转来转去眨巴眨巴说，领导，你掏点小运费，我给你送去。"多少钱？"他期待的目光瞅着我脸说："200 行吧？"见我愠怒，他随机应变，"100，100 吧。"周末，老匡骑着三轮车，他骑我推，费劲巴拉两个多小时才把沙发转移到家。

那年我就职的《纺织信息周刊》搬家，老匡像苍蝇叮肉似的不离我左右，不说领导不说话，旧杂志装了两车，甩给同事小黄两张拾元钱，完事大吉。估计占了便宜，从此见面更殷勤，还加了我电话号码。

一晃就过去 N 年，又见他儿子时，已经成大小伙子了，嘴巴长满淡黑色茸毛，这孩子遗传老匡的圆滑世故基因，见人也挂着永恒的微笑。在食堂吃饭，这孩子见我只点素菜，便问大爷当和尚了？我说，尿糖了。过几天，接个电话，是老匡。他问，领导方便吧？你下来趟，一楼后门。他鬼鬼祟祟地从三轮车上翻出一个用塑料袋装的苞米面，他叫棒子面。告诉我，自家地里种的，没化肥农药，新的，吃吧。没想到老匡真体贴人呢。体贴入微的事情还有，这小子知道我单身北漂，有一天在路边截住我，让我看他手机相机储存栏，他指着内存的那个妖艳美女，说，给你介绍个小姐，便目不转睛盯着我，当我明白一切，怒吼道："老匡，你想害我？"抬脚踹过去，老匡机灵躲过，逃之夭夭。

2015 年 7 月一天下班，一摸背兜，傻眼了，钱包不翼而飞。同事闻听，都为我着急，纷纷推出补救措施，小张说，先挂失银行卡，小方说，补办身份证最重要，否则影响出差，我们头儿叫我报案。有个人听说，把我悄悄地拽进他办公室，神探狄仁杰似地说，据我观察是老匡偷的，理由一是他穷，穷则思富；二是他有作案时间；三是熟悉人作案，因为没撬开锁的痕迹。我听得一头雾水，但是我坚持不报案，报案太麻烦，公安又是找谈话又是胡思乱想猜嫌犯，草木皆兵，鸡犬不宁。再说钱包仅有三百多元钱，我坚信决不能是老匡所为，老匡如果手脚不利索早滚蛋了。我跑回老家，到公安机关补办身份证，说要一个礼拜才能办妥。正在愁肠百结，电话铃声响起，一接，是老匡，他很焦急又显得很兴奋地说："领导，你的钱包丢了吧，我捡到啦。""真的？"我喜出望外。原来，他在纺织协会邻居轻工协会收报纸，清洁工从垃圾桶里捡起个钱包，正巧，被他碰到，他好奇挤过去，见那钱包里身份证，眼睛亮了。他一把抢过钱包，任凭别人问，就是捧着不放，打电话给我。又过 N 天，警察叔叔打电话找我，说那小偷找到了。让我写一个钱包丢失经过，我问，"谁干的？"北京人，专偷机关。我和头儿说了经过，他深有感触地说："多亏了你没报警。对了，告诉你吧，老匡叫匡满良，名字也特善良吧？"

吴子才没有不可能

干什么行业能赚钱？回答是"三百六十行，行行出状元"。你说，他不是搞纺纱、服装大行业的，只做纺织风机、空调，在别人眼里不起眼的小行业，然而，如工匠，搞着搞着就搞大了。国内首家节能纺织空调系统"4s"级服务站、全国纺织空调节能技术研发中心、国家级节能产品认证单位均花落金信。他的节能纺织风机、空调在纺织行业的市场覆盖率达百分之三十多，三分天下有其一，这对一个已不惑之年的人容易吗？这个人叫吴子才，山东省金信纺织风机空调公司的掌门人。

吴子才何许人也？山东人，生在德州。德州是全国风机、空调基地，生于斯长于斯的吴子才，是耳闻风机呼呼的声音长大的。和父辈的路径选择不同，他是近水楼台先得月，从学校毕业便与风起云涌的风机空调为伍。他干业务凭的是两点优势：一是国字脸上写满忠诚厚道，让人倍感亲切，拉近和客户之间的距离。更多的是口碑，业内人士提起金信纺织空调公司的产品，众口归一，金子般的诚信，收获一片啧啧称赞。问他秘笈，他侃侃而谈的是质量和价格，质量上下功夫是市场敲门砖。如果让行业认可，必须攀高结贵，他起步瞄准业内龙头。刚开始别人对他的产品质量不认可，他请人家到他工厂考察的邀请函被当场扔进垃圾桶，但他不气馁，把风机抬到企业试用，人家勉强同意，这一试便一发不可收拾。

二是价格行业最低，和他竞争的对手，听说他招投标，主动撤标。他是先苦后甜，开始闯市场营销基本不赚钱，只赚人气。如果说质量和价格是他步入市场的杀手锏，那么科技创新和市场营销的敏感则是他长治久安的倚天剑。他周边有许多"外脑"，凡是同行新的东西他都能第一时间得到，对科技人员的尊重，让同行许多大咖云集金信纺织空调公司。碳纤维是近年来出现的新材料，具有良好的硬度和耐磨性，是制造风扇的首选材料，他在同行业率先使用，受到青睐。创新市场营销空间，他从顶层设计，敲开纺织设计院大门，国内几家纺织设计院都知晓他的产品，在设计时会推荐金信产品。他与中国纺织联合会联姻，建立战略合作伙伴关系，对开拓市场起到举一反三、事半功倍的效果。他的工作永远在路上、在市场。他穿梭在客户之间，了解情况、改进工作，在用户面前，用户永远是对的。两部手机，一辆奥迪车，一年四季的飞奔，2016年一年行程达九万公里。今年，他聚焦国家"一带一路"战略的节点，了解到新疆产业转移热度不减，便闻风而动，在新疆维吾尔自治区设立长驻机构，服务在一线，指挥中心调度在一线。

我们有理由相信，思路决定出路，有金信纺织空调公司过硬的质量为保障，有他骨子里流淌的生意经，一定会"乘风破浪会有时，直挂云帆济沧海"，为风机、空调行业做出更大的贡献。

与《北漂故事》相关的人

在《北漂故事》封笔收官的时候，我有些忐忑，总是觉得时间过得太快，许多事情挂一漏万，环顾四周，猛然发现我最亲的人张井波竟成灯下黑似的被遗忘了。说心里话，我所有的故事几乎都与他有关，而且是强相关，他不仅是我北漂的见证人，也是参与者。我和他的故事可以写本电视剧。张井波何许人也？他是在我任吉林化纤集团秘书时出现的。那是 2000 年左右，机关从车间抽调几个大学毕业生，其中有他，他是到规划发展处工作的。张井波国字脸上有双浓眉大眼，双眼皮。东北有句顺口溜叫"大眼睛双眼皮，一看就是敞亮人"。我任秘书，企业资料拥有者，他搞规划，所有材料使用人，工作关系让我们相遇相知，他不耻下问，我老师出身，越走越近。他结婚分房，我去帮装修，我生病住院，他陪伴左右，一日不见如隔三秋。有一次，我和同事打的从吉林市往家赶路，当司机师傅听我们一路上的交谈，试探性地问我是不是叫谢秘，我同事替我说是，萍水相逢的司机到家愣不要钱，他说："张井波是我妹夫，他常常念叨你好，这出租车费高低也不能收。"

2002 年他爱人闯荡京城是我帮着介绍的工作。当她爱人离开吉林市的第四个月，他满脸愁容很严肃地找我说事儿。他是来咨询答案的，那时，他们家三个人天各一方，他告诉我爱人留恋北京生活，已经决定当"北漂一族"，叹了一口气问我他向左向右。我问他，"能不能离婚？"他摇摇头否定。我告诉他，"智取华山一条路，你也进京呗。"那时他 3 岁女儿寄养在蛟河县农村老家，一家人互相牵肠挂肚，惶惶不可终日。三方归一才能长治久安，于是乎，他果断抛弃国有企业的工作，2002年刚刚过劳动节，他踏上进京列车。望着火车缓缓启动，我默默地为他祝福，希望他此行下海游泳远离闪失。他开局良好，找到一个央企搞销售，但好景不长，电话中充斥着大量坏消息，孩子入托受阻、老婆工作常常被挤兑、他的工作环境陌生难打开局面，两个月搬三次家，租赁住房价格让他捉襟见肘。还好，我和《纺织信息周刊》总编辑熟，介绍给井波认识，不到一个礼拜人家通知他上班当编辑。

这期间我任职的董事长退休，我面临重新洗牌，在井波的撺掇下，我动意来京闯荡，戏剧性的我们又同在一个屋檐下生活，我摇身一变，成为《纺织信息周刊》副主编。

我们的故事是那个秋天开始的，我单位与天安门广场近在咫尺，办公室旁边是繁盛的林荫大道，路边有一排供人休息的椅子。一天我和井波中午吃茴香馅儿饺子，打个饱嗝儿窜出一股浓浓的似韭菜味儿的气体。我躺在椅子上，透过树叶阳光斑点依稀可辨，跷二郎腿，亮臭脚丫子，美哉乐哉。张井波一改平日的安宁，围绕我身边转悠，一言不发。我第六感似乎发现了什么，信口试探句，"说吧。"张井波憋得难受，满脸通红，驻足说，"就差8000元，购房款呗。"接下来他如一江春水倒出原因。他一亲戚准备出国，留下一套房子转让他，他左挪右借眼看到最后期限，他亲戚过户日子就差8000元，他左想右想话到嘴边又咽回去，难开口。借钱的确是个难活儿，民间有人说宁可借老婆也不借钱。我告诉井波，钱我没有。他像泄了气的皮球，垂下头。我话锋一转说，我帮你解决问题。他眼一亮，连续说三遍谢谢。我电话打给女儿，告诉她取出8000元借给张叔叔购房，并且说这钱不一定什么时候还。女儿知道我与井波的关系，第二天井波房证在握。

有句话叫"一个篱笆三个桩，一个好汉三个帮"。在北漂的15个春秋，我和井波朝夕相伴，共同完成了许多策划创意广告活动，我们曾经创造了一份期刊最高广告收入，至今仍然是纪录保持者，曾经第一个策划专业市场的广告，连续五年专刊发行，他和我行影不离，随着时间的推移，兜里也越来越鼓起来了。2009年，他被任命为浙江办事处主任，长三角经济区浓浓的商情让他跃跃欲试，他要下海时我曾陪他到嘉兴市洪和镇一个老板那里。老板眯着眼睛笑看井波说，你办公司没有任何问题。井波刨根问底问他为什么，他说出来一句雷人的语言，他指着我说，你有师傅老谢。井波办公司的第一个电话是，谢哥，做生意比做广告来钱快多了。

2014年春节来临，井波到阴历29才返回北京，大年初一便跑到我家，风尘仆仆地来拜年。我们一起吃火锅，我见他满脸倦容，嗓子沙哑，便告诫他注意身体。他说一个企业欠他50多万元，这个公司经营很困难。我马上问他为什么不去要钱，他为难写满了脸，说大过年的，要钱不成黄世仁了？我提高嗓音说，过年才要钱呢，撺他明天就回去要钱。大年初六早上我又接到他电话，电话传来爽爽的声音，他说，谢哥，你的招真的好使。那个老板已经还他42万元了。市场是最好的学校，失败乃成功之母，井波经过不断的洗礼，他的生意之路越走越远，财富积累数据不断攀升，从开一个捷达轿车跑市场到驾驶奥迪A6，今年又把18岁女儿送到大洋彼岸。

时间在变，环境在变，不变的是品性和为人。2008年我父亲撒手人寰，2012年我母亲与世长辞，在送丧的队伍中都有井波的身影，他是千里迢迢专门赶来东北老家的。小外孙5岁时除了自己家人外，认识的第一个人便是井波，如今隔三差五的热线通话，生意事情我不再过问，他关注的是我养老，是开着车陪我走天涯、看美景、吃美味。有时静静地思考，得到一个结论，我和井波亲兄弟，不差分毫。

后记

　　到了"行至水穷处，坐看云起时"的年龄，生存空间被满满的回忆堵塞，已忘初心成了生活的主旋律，那些闯北京的陈芝麻烂谷子的事儿经发酵弥漫，让我有一种按捺不住的写作冲动，这冲动如潮水般涌动，随着时光的流逝而丝毫没有改变，这便是《北漂故事》的起源。

　　翻过日历，我已经在北京摸爬滚打 15 个年头，背井离乡的场景历历在目，15 年的北漂历程是我这个小草度过的终生难忘的岁月。

　　2002 年那芳菲正浓的季节，我手拖着拉杆旅行箱，怀揣着梦想上路，本来想投奔行业的一家报社，因为我在吉林时一直是这家媒体的通讯员，找到一个当领导的熟人，热脸贴冷屁股，一个"你没北京户口"的理由便被拒之门外，而后是遇到恩人收留了我，在一个叫《纺织信息周刊》的杂志落脚。

　　在这里我如鱼得水，曾经首创一期刊物 77 万元广告的先河，也曾跨界做石狮一个叫荣誉酒店的广告，做河北产棉县的宣传也是后无来者。在周刊的广告中有一大半都是文章产物，我写文章是缘于热爱，自打小学三年级时作文《一颗螺丝钉》被老师当范文后，开启了写作时代，念师范虽学的是化学专业，但《当代》《人民文学》杂志不离手，到企业时也常常发表个豆腐块文章。有一次电视台拍企业专题片，我和时任办公室秘书和宣传部长三个人写脚本，我不幸被选中，不久便从学校转到宣传部，又到《吉林日报》报社学习一年。又因为与文字有关，调到秘书处当秘书，从业余转为专业。过去在基层当秘书也是写文章，那叫本职工作，理应的，可当记者真好，不仅仅见诸报端的有稿费，企业老板还给小费。在企业有人形容我是两长，一个是嘴长，一个是笔长。

闯进北京后这两长都派上用场，有朋友说，老谢背个要饭的兜子，凭借着把活人能说死，死人说不活的嘴巴卖广告。我写的上海三枪针织内衣老板苏寿南《呕心沥血铸"三枪"》被一位大领导题为书名；只因《名镇出名企，龙姿显龙威》交上一辈子的朋友李树荣；广东科纺牛仔公司的张熠连续十年，每到中秋都会收到他寄来的月饼，那是因为文章《小厂布大》结交的朋友；"波司登"的老板高德康，"七匹狼"的老板周少雄，"以纯"的老板郭东林都是以文交友。

我在行业媒体七年，卖了一千多万元广告费，其中两年排名行业媒体"单打冠军"。我是践行一个人的名言"路在人走、业在人创、事在人为"。这个人是我在吉林企业的老板付万才，我没名，他在行业有名气，行业曾发文件，全国纺织向他学习。我刚到北京时，在出席各种会议时，往往不介绍我是谁而是介绍说，这个是付万才的秘书。付万才是中共中央组织部表彰的优秀党员领导干部，我给他做了12年秘书，他的思想影响了我一生，有次几个同事相聚，提到付万才，有人直截了当说，付万才教我一身本事。

我在吉林时出版《回望》《随笔》两本散文集，成为吉林省作家协会会员，写文章分要我写和我要写，我是后者。到北京我走上了文字换钱的路，我在 2009 年离开后，接我的那位同事把我做广告的百余企业打了三番电话，奇怪的是无一应对，个中缘由我略知一二。我的客户大多是政府部门，政府又是"铁打的衙门，流水的官"。我曾做过统计，在我做广告的 50% 左右政府联系人，三年后在原岗位的不足 40%，政府部门往往是前任的业绩与己无关。企业的宣传如同赵本山所说"不看广告看疗效"，我所在的杂志充其量发行几百份的量，效果显而易见。

创新应该是工作主旋律，创新也无处不在，说到底创新也是改变，改变工作思路，改变路径，企业服务无止境，也不允许说"不"。

我有个雅号"全球通"。有老板要进京看眼疾，我答应；有老板要扶老携幼来京旅游，我也应诺；打官司找律师，看病找名医我都不拒绝。为这，我曾夜半去医院排队挂号，也曾利用休息时间陪伴老板一家人旅游当向导，"有困难找老谢"成了我的座右铭。我母亲不识字，她在世时曾语重心长地告诉我，别人求你办事，证明信任你，你还行。如果你求别人办事，就证明你不行，无论是谁能帮就帮一把呗。我谈不上孝心，但是我对孝顺的人仰慕，牢牢记住母亲的教导是我人生准则。

我称不上孝子，但是不孝顺的人我会远离他，离开家乡牵肠挂肚的是年迈的父母，孔圣人的"父母在不远游"直到现在仍然觉得理解太晚，北漂途中，先是父亲 2008 年奥运会闭幕式那天，他走完人生之路，事隔四年，母亲也离开我们，想想总有许多内疚，"忠孝不能两全"这话不假。

北漂一族最危险的是不能生病，人吃五谷杂粮，岂能无病？这个期间我住过两次院，有一次吓得老婆抹眼泪。我曾像是打游击战争似的不停走在搬家路上，也是马路边沙县小吃、成都小吃的常客。在福建石狮市骑摩的的大都认识我，那是我出行工具，挤地铁我积累了许多经验，比如错峰出行、安全出行。同事朱国学说，老谢是协会唯一没有节假日星期天的人。我每天早晨一般的情况六点左右到单位，浏览下电话号码本，摸起电话拨打东北老板电话，因为东北人尤其年龄大的老板晨练，这个时段耳聪目明，电话也不会有"对不起，你打的电话已

关机"的回答。广东、福建等地老板大多年轻、充满活力，隶属"玩星星睡太阳"之类，晚上9点打电话正合适，他们刚刚吃完饭，到23点左右则被卡拉OK声干扰，正是因为这样，我的业务水平不断攀升。

我和搭档张井波出差，共同策划专刊专版、封面人物，都收到良好效果。浙江省印染行业协会会长胡克勤曾仔细看着我，百思不得其解地说，钱聚人散，钱散人聚，老谢又聚人又聚钱，奇人也。其实他过奖了，生活如穿鞋，大小肥瘦只能自己体会，打碎牙往肚子里咽的事、不敢怒也不敢言的事只有自己心知肚明，我信生活如四季，有阳光，有彩虹，也有阴雨和冰雹，关键是自己有信心、有定力，相信明天会更好，车到山前必有路，微笑面对生活才是真正的幸福。

北漂的路上越走越远，思想发生的变化不断翻新，我48岁漂泊北京，15年后回溯到当时，不忘初心，砥砺前行，当是永远。

我把自己的经历写出来，为的就是那些正在北漂的或者经历过北漂的，和北漂一族相关的人了解一个老北漂的故事，如果这些故事能够给您带来启示，那便是我的初衷。

谢立仁

2017年3月